La Dame aux Camélias

Alexandre Dumas fils

愛米粒
出版有限公司
Emily Publishing
Company, Ltd.

第一章

我想我們只有在充分研讀人物的性情之後，方能創造他們。就好比我們要說好一種語言之前，得要先認眞地學習一樣。我還不到創造人物的年齡，我只能述說一則眞實故事。我請求讀者相信這是一則眞實故事，因爲其中所有人物，除了女主角之外，都還活著。此外，我在這裡提到的大部分事實，在巴黎都有人可以證實，如果我個人的見證還不夠的話。由於某種特殊的狀況，只有我能寫下這則故事，因爲只有我親耳聽聞最後一些細節，若缺了它們，還眞不可能說出一則有意思又完整的故事呢。

以下就是我得知這些細節的緣由——

一八四七年三月十二日，我自拉費特街一張黃色大海報得知，有一場家具和古董珍奇拍賣會，將在主人過世後舉行，海報上並未提到死者是誰，只說拍賣會在十六日中午至下午五點在翁棠街九號舉行。

海報上還說我們可以在十三和十四日先參觀住宅和家具。

我一直熱愛古董，因此決定不錯過這個機會，就算不買，至少也要去看看。

第二天，我便前往翁棠街九號。

時間還早，屋子內卻早已擠滿了參觀的人，其中不乏女士，她們雖身穿絲絨，肩披喀什米爾，等在她們的豪華馬車門前，依然帶著驚奇甚至欣羨的目光，注視著展現在眼前的奢侈品。

不久我便完全體會這般驚奇和欣羨，因爲我也注意到了眼前的一片豪華，而我立刻察覺到，這所豪宅的主人是個被包養的女子。若有一件寶貝是上流社會的女人渴望看的，這裡正好有滿屋子的寶貝。女主人的豪華馬車曾經天天令人刮目相看地奔馳在大街上，像她們這樣的女子和她們身邊的人，在歌劇院和喜劇院都有自己的包廂，在巴黎，她們處處炫富，展現美麗、珠寶和醜聞。

此刻我所在的豪宅的主人已死，平日比較衛道的女人趁機闖入她的臥房開開眼界，死亡彷彿淨化了這處華美的風月之居。此外，她們甚至可以有藉口說，其實她們並不知道這是誰家的拍賣。她們不過是看了海報，照著海報所言來訪並預先選買，就這樣，再單純不過了。

話又說回來，從屋內的寶物中其實也不難蒐尋這位風塵女子的生活蹤影，而關於她的各種奇怪的傳聞，這些人也早已耳熟能詳。

不幸的是，這些祕密早已隨這位女神而逝去，不論這些女人多好奇，她們只會發現她死後拍賣的物品，最能代表她這種生活的物品則早已在屋主彌留時售盡。

其實屋內還是有很多可賣的，所有家具都華麗精美，玫瑰木和檜木櫃子，法國和中國的上等花瓶，德國名雕刻品，絲絨和蕾絲，應有盡有，令人大開眼界。

我在屋內漫步，跟隨在那夥好奇的女貴族身後，她們步入一間壁飾波斯掛氈的房間，我也跟了進去，隨後她們好像因自己這股好奇窺探的動機爲恥似的，又笑著退出房外。我則對這間房更爲好奇了，更想一窺究竟。這原本是間更衣室，布滿最多的細節，其中更顯現出死者生前的種種奢華。

靠牆的一張大桌，差不多一公尺寬，兩公尺長，上頭擺滿了閃閃發亮的名貴飾品。每一件都如此精緻出奇，這樣的寶貝就有成千上萬件，不是金製便是銀製，這些收藏都是如屋主這款女子必不可少的裝飾品。然而這些奢侈品都是逐漸累積的，並且來自不同情人的餽贈。

我沒有因爲目睹這種女子的更衣室而尷尬，反而樂在發掘細節，不管是什麼，而我留意到，所有物件都巧刻了不同的人名縮寫和各種爵位的勛號。

每件物品在我看來都是這位可憐女子賣身的烙痕，我想上帝對她夠和善了，因爲祂不允諾給她平凡的懲處，而讓她在衰老之前，死在繁華、美麗、名貴的風塵女子最黃金的歲月。

事實上，有什麼比一個不貞女子的衰老還可悲的嗎？她沒有留下任何尊嚴，又不存任何吸引力。這是天長地久的遺憾，不只自嘆走錯了路，也自責做錯打算，隨意揮霍，是我們所聽到最悲哀的事。我曾經認識一位衰老的歡場女子，她僅存自己的過去和一個女兒。據同輩的老者說，女兒長得和她當年一般美麗，這位媽媽從沒親口喊過女兒，只會要求女兒賣身供養她晚年，以回報她過去拉拔長大的恩情。這位可憐的年輕女子遵從母命，以露薏絲的花名賣身，她一味賣命地攢錢，內心毫無意願，毫無熱情，也無樂趣可言。

過早以及過度的賣淫，不斷摧殘她的健康，病弱的身子又餵養了這種淫慾生涯，使她更加深陷而無法自拔，這種淫蕩生活令她喪失分辨是非的智能，上帝也許給過她這種能力，但後來環境令她逐漸地墮落。

我老是想起這個年輕女子，從前我們幾乎天天在街頭巧遇。她母親總是跟隨在旁，看上去和一般母女一樣融洽。當年我還年輕，我還能接受那個時代寬鬆的道德標準，然而看到那位母親操控親生女兒賣淫的情景，內心卻不禁鄙視，並作嘔不已。

此外，沒有任何處女的臉龐有這位年輕女子那種無辜、天真的神情，也沒有她那種悲痛的表情。

很像聖母痛失愛子的臉容。

有一天，這年輕女子的臉上突然開朗起來。在母親操縱下的賣淫生涯中，似乎上帝讓她在罪惡中得享片刻的幸福。畢竟，上帝創造她時沒有賦予她堅強和意志，又讓她肩負如此痛楚的生活重擔，爲何不能稍微補償她？所以有一天，她發現自己懷孕了，在她內心依然純潔的角落，還是狂喜不已。靈魂有了避難所。露薏絲興奮地向母親宣告這個大好的消息。雖然我們在此不是以談論非道德的事爲樂，我們說的是則眞實的故事，也許不說比較好。但是我們認爲偶爾要披露人類的犧牲者，對於他們，人們只知批判而不傾聽，只知鄙視而無法評斷他們的善惡。可恥的是，故事中的母親回答女兒說，她們要負擔兩人的生活已經很勉強了，不可能再多負擔第三個人；此外，這種孩子沒有存在的價值，懷孕本身也是浪費賺錢的時間。

第二天，來了一位產婆，我們就說是「那個母親的朋友來看她，之後她臥床了好幾天，起來時比從前更蒼白，也更虛弱」。

過了三個月，一個同情她的男人，想爲她調養身體，讓她創痛的心得以恢復；然而這種流產的創傷太深，不久她便死了。

那位母親卻還活著，怎會這樣？只有上帝知道。

在我仔細端看屋內的銀器時，我想起了這則故事。

似乎我的思緒已遊走了一段時間，因爲屋子內只剩下我和一位看守的人。他在門口小心翼翼地盯著，惟恐我順手牽羊。

我走近這位因我而擔心不已的守門人。

「先生，」我對他說，「您可以告訴我，住在這裡的人是誰？」

「是瑪格麗特·荀蒂耶女士。」

我聽過這位女士，也看過她。

「什麼！」我對守門人說，「瑪格麗特·荀蒂耶死了？」

「是啊，先生。」

「是什麼時候？」

「三個禮拜前。」

「爲什麼會讓大家參觀房子？」

「債權人認爲這樣有助於拍賣，事先讓衆人看過家具和飾品，有興趣的人可以先選。」

「這麼說來，她欠了債？」

「是啊，先生，她欠下很多債。」

「拍賣所得應該足夠還債吧？」

「恐怕還不夠。」

「那麼，不夠的錢要從哪裡來？」

「由她的家人代償。」

「這麼說，她有家人囉？」

「好像是。」

「謝謝，先生。」

守門人知道我的來意後，安心地向我行禮致意，我便行離去。

「可憐的女子！」在我回家途中，我心中感慨，想必她去世時很淒涼，因爲在她的世界，只有健壯體面時，才會有人聞問。我不由自主地同情起她的命運。

對很多人來說，我的同情也許顯得荒謬，然而我對這樣的女子有著無盡的寬容，而我也沒必要討論這種寬容。

有一回，在往行政單位取回護照的途中，我在鄰近的街頭看見一位女子被兩名警衛人員拘捕，準備強行帶走，且不管這女子究竟做了什麼，我只能說，她抱著才幾個月大的嬰孩，熱淚滾滾，因爲被拘捕而必須與孩子分別。從這一天起，我不再憑第一眼的印象，就對一個女人驟下判斷。

第二章

拍賣是在十六日那天。

在開放參觀和正式拍賣中間，留有一天空檔，是讓工人取下壁上的掛氈、窗簾等等。

那時我剛旅行回來，沒人跟我提起瑪格麗特的死訊，是相當自然的事。像這麼大的新聞，通常都會從她的朋友們口中傳出。瑪格麗特長得很美，但是像她們這樣的女人，生前的一點風吹草動都會被傳爲大新聞，反倒她們的死訊沒人要提。就像日出、日落的無聲，不驚動任何人。如果她們死時還很年輕，死訊會同時傳到所有情人耳裡，因爲在巴黎，幾乎所有名妓的情人的身分都是保密的。這些情人此時彼此會交換一些回憶，然後繼續過活，這種事故不見得會讓他們掉一顆眼淚。

今日，已屆二十五歲的人，流淚成了希罕的事。除非有父母以金錢獎勵，看在錢的分上也許還有可能。

至於我，儘管我買不起瑪格麗特的任何一件東西，我內心莫名地對她的故事好奇，並且對她生起由衷的同情，她的死引發我的思維，也許她並不值得我這樣。

我回憶起我經常在香榭里舍大道遇見她，她每天都來這裡，乘坐著一輛由兩匹身披紅棕色馬轡的駿馬拉的藍色豪華馬車，我因此留意到她有著這般女子少有的氣質，這股氣質又更加添了她異於常人的美麗。

這些可憐的尤物，每回外出時總是伴隨著我們不熟悉的人。由於有身分的男人都不願公開他們的情婦，加上這些女子也害怕寂寞，她們會隨同某些沒有座車較吃不開的同行，或者一些年華老去、打扮入時卻不具吸引力的風塵女子出遊，對於這樣的女伴，人們大可無忌諱地跟她們打招呼，也可以向她們打聽這女子的底細。

瑪格麗特的情況就不同了。她總是獨自來到香榭里舍大道，並且在馬車內盡可能地不驚動路人，冬天她披上一件喀什米爾大斗篷，夏天則穿著極素樸的洋裝；即使在她熱中的乘車散步途中，遇見了不少熟人，偶爾她會對他們微笑，這朵微笑只有當事人看得到，恐怕只有女公爵才有這樣的微笑。

她不像她的同行，在從香榭里舍大道的協和廣場到圓形廣場之間散步，她的馬車總是由此快速地駛往森林。到了森林，她會下車散步一個小時，然後再坐上馬車，快馬加鞭地回家。

我親眼所見的這些情景，一幕幕地呈現，我不禁感懷起這位女子的逝去，就好像我們會因爲一件美麗作品的澈底毀滅而憾恨不已。

話說回來，再也不可能看到比瑪格麗特更美的女人了。

她身材高䠷，極瘦，她善於以簡單的裝扮來掩飾這項特質，並且幾乎到了神乎其技的境界。她披掛的喀什米爾質料的斗篷總是長得拖地，任意地垂在絲質洋裝層層疊疊的大緄邊上。厚質披肩，覆蓋見骨的雙手，雙手則捧在胸前，披肩上裝飾了褶邊，又巧妙地掩著胸，肉眼看不出一點破綻。再挑剔的眼睛也難看清她全身的線條。

頭部，她最美的地方，是巧奪天工的產物，小而精巧，名詩人繆塞會說，好似她的母親費盡心思地打造了這個部分。

在無比優雅的橢圓臉龐上，巧置了黑色眼睛，弓形純淨的雙眉，好像是畫上去的，雙眼覆蓋著長而密的睫毛，當她垂目時，睫毛便投影在粉紅色的雙頰，鼻子的位置恰到好處，精緻、筆直、有靈性，略開的鼻孔像是熱中於感官的享樂，形式規則好似巧畫上去的嘴，雙唇優雅地開啓時，露出乳白的齒，臉上的肌膚好比覆蓋於沒被掐破的水蜜桃的絲絨，這就是一張精心巧造的臉。

純黑色的髮絲，不知道是不是自然捲，由額頭上中分，並梳往腦後，露出雙耳，耳上閃爍著每只價值四到五千法郎的鑽石耳環。

竟日過著追逐感官享樂的生活，何以她臉上仍保有如此純潔童稚的表情？這是她天賦的特質，我們留意到這種矛盾，卻無從理解。

瑪格麗特有一幅精湛的肖像，是名畫家維達爾畫的，也只有他捕捉得到她的神采。在她死後，我連著幾天端看這幅我借來的肖像，畫家筆下的她與她本人如此神似，正好補足我記憶中模糊的部分。

在此章的細節中，有些是我後來才知道的，但我現在就寫下來，免得後來還要再說一次，接著我就要開始陳述她的所有故事的枝節。

瑪格麗特贊助每一場喜歌劇的首演，並且在劇院或舞會度過她的每個夜晚。每有新劇上演，她一定不會錯過，在她坐的一樓包廂前排，有三件東西她一定會帶著：看劇的望遠鏡、一袋糖果、一束茶花。

一個月內有二十五天茶花是白的，有五天則是紅的。人們從不知道改換茶花顏色的原因，我只能提出來卻無法解釋，她最常去的那些劇院的常客以及她的朋友，想必跟我一樣注意到了。

我們沒看過她帶過別種花，花店的巴瓊女士都管她叫茶花女，這個暱稱便一直跟著她。

我另外還知道，就如同巴黎比較高級的風塵女子，瑪格麗特曾交往過最優雅的一些年輕男人，她很驕傲地談起他們，這些男人也常在人前吹噓跟她交往過，總之他們彼此都因此抬高了身價，彼此都很滿意。

然而大約從三年前，到巴尼野旅行之後，聽說她就只跟著一位非常有錢的老公爵，他一直要讓她擺脫過去的生活，其實她也好像並不反對。

以下便是我聽來的關於此事的故事。

一八四二年春天，瑪格麗特很虛弱，病情惡化，醫師都叮囑她到鄉下休養，因此她便到了巴尼野。

在那裡，病患之中，她認識了這位公爵的女兒，此女不僅跟她患一樣的病，而且還跟她長得很像，別人甚至以爲她們是姊妹。只是這位年輕的女公爵已經到了肺癆的末期，在瑪格麗特來的幾天後便去世了。

還留在巴尼野，心也跟著愛女下葬的公爵，一天早上，在從小路回來的途中看見了瑪格麗特。

他好像看見了他孩子的影子，他走向瑪格麗特，握住她的手，擁抱她並哭了起來，也不問她是誰，就請求她同意他來看她，並且同意當他女兒的活雕像。

瑪格麗特跟了她的女僕，獨自在巴尼野，加上這個要求並不損及形象，便答應了。

在巴尼野，一些認得她的人向老公爵正式地提出警告，讓他知道她的眞實身分。這對老公爵確實是一大錯愕，這種身分確實不像他的女兒，但爲時已晚。這年輕女子已然成爲他心靈的需求，以及他繼續存活的唯一藉口和理由。

他並沒有責怪她，也無權利這麼做，只是請求她能否改變生活方式，並願意補償此種犧牲後的一切物質損失，她答應了。

應該說在那個時候，天性熱情的瑪格麗特已經病了，過去的生活對她而言好像是疾病的主因，在她心裡產生一種迷信，好像以她的懺悔和轉變，便可由上帝那裡換來永遠的美麗和健康。

事實上，此地天然的泉水、散步、自然的疲倦，以及之後適當的睡眠，在夏季的尾聲來到時，已經讓她的健康差不多恢復了。

老公爵陪她回到巴黎，之後他持續來探望她，跟在巴尼野時一樣。

這種關係，人們並不知道它眞實的動機和由來，因而在巴黎引起了不少的話題和議論，原本以鉅富馳名的老公爵，現在則以揮霍包養瑪格麗特大爲有名。

人們將年老多金的人常見的荒唐現象，用來聯想老公爵和年輕貌美的瑪格麗特。衆人對他們的關係多所臆測，就是不明白眞相。

然而這種對瑪格麗特的父愛，是如此地純潔，他們之間若有兩性關係，即使是他心中對她有這種遐想，對老公爵而言似乎都像是亂倫，他從不曾對她說過一句對他親生女兒也不會說的話。

對於女主角的情況，我們並不想隱瞞。因此我們可以說，如果她人仍然留在巴尼野，她不難信守對老公爵的承諾，但是一旦回到巴黎，對這位習於靡爛生活、舞會、應酬享宴的女子，只有老公爵定時探望的孤寂生活，令她窮極無聊，昔日的熱鬧的生活蹤影此刻同時迴旋在她的腦海和心際。

再說瑪格麗特此次旅行歸來，比從前更爲美麗了，而且她正當二十年華，加上尙未痊癒的肺病，更使她不斷有著熱烈燃燒的情慾。

老公爵每當從朋友那裡輾轉聽到瑪格麗特的醜聞，內心便痛苦不已，他們指證歷歷，在他沒去看她的時候接待男客，並且經常留他們過夜。

當被老公爵質問時，瑪格麗特坦承一切，她毫不保留地建議老公爵從此不要再照顧她了，因爲她無法信守對老公爵的承諾，也不想再接受被她欺騙的人的物質幫助。

老公爵有八天不曾出現，這是他的極限，到了第八天，他便來請求瑪格麗特原諒他，並且答應接受她的現況，只要他能見到她，他發誓，就算自己因發重誓而死，也不會怪她。

這些事發生在瑪格麗特回巴黎的三個月後，也就是在一八四二年十一月或十二月。

第三章

十六日那天，一點鐘，我回到了翁棠街。

在大樓的門前，已經聽到拍賣會的叫價聲。

屋子裡擠滿了好奇的人。

所有狀似優雅、出了名的嫖客和高級妓女全在那裡，一些貴婦人藉拍賣之機來窺看這班風塵女子，要不然還眞找不到機會見到她們，也許還暗自地羨慕這些女子隨手可得的情慾生活呢。

譬如說，F女伯爵坐在A小姐旁邊，她是現代高級妓女最令人鼻酸的例子之一；T子爵夫人遲疑要不要加碼買下一件D夫人出了高價的家具，她則是當代最優雅、最有名，有許多情人的太太；在馬德里和巴黎都有情婦的Y公爵，平日並不揮霍，爲了M女士散盡財富，她則是當代的才女之一，偶爾發表她的看法，和N女士交情不錯，這位美麗的N女士時常穿著粉紅或藍色的洋裝，散步於香榭里舍大道，她乘坐一輛有兩匹黑駿馬的馬車，每匹馬都價值不菲，也是以情色交易而來的；最後，R小姐憑自己的本事擁有數倍於風塵女子和情婦們的財富，準備在拍賣會大展身手，反而大家都不注意她。

我們大可以再扯一些來此拍賣會的人的動機，還有他們多麼驚愕彼此竟然會同聚一堂之類的話，但恐怕會讓讀者倒盡胃口。

我只想說，在此大家都很盡興，多數也都認識死者，但看起來好像沒有人記得。

衆人大笑；拍賣委員會的工作人員喊破了嗓子；入侵拍賣桌前座椅的賣方，強力要大家肅靜卻毫無效果。從來沒有一場聚會是這麼的多采多姿，人聲鼎沸！

我迷失在這般令人傷感的嘈雜聲中，我想到會場旁的房間曾是這位苦命女子氣絕的地方，我們拍賣她的家具是爲了償還她身後的債務。我來此爲了觀察，多過於爲了購買，我注視每個叫賣者的臉孔，以及每次拍賣價高出期待時，他們欣喜若狂的神情。

誠實的人，擺明了是來窺探這位風塵女子生前的生活痕跡，而他們也眞的不虛此行，他們目擊了她最後一刻有戳印爲記的文件，他們在她死後目睹了文件上載明的可觀的財產數字，和龐大債務的利息。

前人所說的，商人和小偷同屬一位上帝的話，還眞有道理！

洋裝、喀什米爾質料的衣物、珠寶，以不可思議的速度銷售一空。沒有一樣適合我，我一直在等。

突然，我聽見叫賣：一本完美裝訂、標題爲《瑪儂・勒絲蔻》、邊緣鍍金的書，在第一頁有寫了一些東西，十法郎起拍。

「十二法郎。」一陣頗長的沉靜之後，有一個聲音出現。

「十五法郎。」我喊價。

我是爲了什麼？我也說不上來。顯然是爲了「有寫了一些東西」這句話。

「十五法郎。」估價員重複。

「三十法郎。」第一位出價的人，帶著一種被迫加碼，不情願的語氣。

這下子形成了競價的情勢。

「三十五法郎。」我以一樣的聲調叫喊。

「四十法郎。」

「五十法郎。」

「六十法郎。」

「一百法郎。」

我承認，只要我有意造成這種效果，我就能全面的獲勝，因爲此番競價之後，出現了漫長的沉默，衆人都看著我，想知道是哪位先生這麼堅決地想擁有這本書。

顯然，我的語調說服了我的對手，他寧願退出這項令我付出十倍代價的競逐，並且傾身向我，極優雅地說：

「先生，我退讓。」不過，他說這句話稍嫌晚了點。

沒人再說什麼，這本書已非我莫屬。

我擔心，由於自尊心作祟，我又會跟人爭買其他東西，而我又不善交易，因此我趕緊辦妥手續，在拍賣清單上這本書的欄位簽名，便下樓去了。我應該讓拍賣會上的群衆留下深刻印象，他們恐怕都很納悶：何以我願意爲一本別處頂多以十五、二十法郎便可購得，並且到處可見的書，付出如此高的代價？我的目的何在？

一小時後，我領到了這本書。

在第一頁上，以羽毛筆書寫的優雅字跡，載明了此書的餽贈人和受贈者，只有幾個字：

瑪儂，謙卑的，贈予瑪格麗特。

下方並且簽了名：亞蒙．都瓦勒。

謙卑，又意味著什麼？

以這位亞蒙·都瓦勒先生的觀點，瑪儂女士猜得到瑪格麗特心中存有的究竟是色情，還是眞情？

第二種解釋是最接近眞實的，因爲第一種情況過於坦白，對瑪格麗特有失尊重，即使她自己這麼看待自己，旁人也不能這麼魯莽地說。

那晚我一再地翻閱這本書，直到入睡。

的確，瑪儂·勒絲蔻這本書的背後應該有一則感人的故事，儘管我對它一無所知，然而自我擁有這本書之後，我一直被一股同情心牽引，我已翻閱了上百回，每一回都好像又見到了書的女主人。再說，這位女主人是如此地眞實，我彷彿已經認識她了。在此新情境之下，於瑪格麗特和「她」之間的比較，對我來說，又賦予這本書一種不其然的魅力。我的耽溺裡增添了我對書主人的同情，甚至是一種愛。瑪儂在沙漠裡過世，這是眞的，但是是死在以全靈魂、全生命愛她的男人懷抱裡，他爲她挖了個墳，以淚水澆灌墳土，並且以他的心陪葬；然而瑪格麗特，跟瑪儂同是罪人也可能跟她一樣懺悔了，卻死在奢華中，如我所見，死在往昔之床，不過也是死在心靈的沙漠中，只是更荒蕪，更無垠無際，比起瑪儂的葬身之地更爲殘酷。

事實上，依我自知道她死前景況的幾位友人那兒得知，瑪格麗特死前並不曾有過什麼眞實的慰藉，兩個月內陪伴她的只有她漫長的、痛楚的彌留。

對於瑪儂和瑪格麗特，我的思緒縈迴在我認識、看過的葬禮，隨歌聲步向生命亙古不變的終場。

她們兩位可憐的人兒！如果愛她們不對的話，但至少不要加以譴責。就好像你譴責盲者爲什麼見不到天光，譴責聾子爲何聽不到天籟，譴責啞子怎麼發不出心靈之聲。假謙遜的虛假之名，你不會譴責這種心靈之盲，這種靈魂之聾，這種意識之啞，其令不幸的傷心者發狂，令其無法見到美好，聽到上帝，說信、愛之語言。

雨果、繆塞、大仲馬，各個時代的思想家和詩人，對風塵女子皆表達了同情，偉人偶爾也會以他的愛情和他的姓，提升了她們的地位。我這麼強調這點的原因是，讀我這部作品的人之中，有許多也許都已經準備要拒絕這本書，因爲在本書中他們恐怕只能看到對色情和妓女的讚美，而作者的年齡無疑地又加深了這份恐懼。被這種恐懼操縱而有此想法的人是錯的，請繼續讀下去。

我只是確定一個原則：對於無法接受好教育的女人，上帝幾乎總是爲她們開啓兩條路，接引她們回來；這兩條路就是，痛楚和愛情。這兩條路都很難走，一路沾滿了血跡，令行者撕裂了雙手，但是同時又在途中留下罪惡的荊棘，並且在終點處以無愧色的這般赤裸面對上帝。

凡是遇見這些艱困旅者的人，都應給予支持，並且告訴所有人與她們相逢的故事，因爲告訴大家已經爲她們指引了道路。

這並不是說，在人生的入口處很明顯地擺放了路標，通往「好路」或「壞途」，並要我們做抉擇，應該是像耶穌基督，指引那些徘徊於第二條路的人，使其通往第一條路；這兩條路的開頭不應該是太痛苦的，也不難跨越。

基督的精神以最神聖的聖子犧牲奉獻的福音，召喚我們的慈悲心和寬恕心。耶穌基督對這些因著人類的激情而受創的心靈，給予豐沛的愛，祂爲他們本可自行痊癒的傷口塗上膏藥。因此，祂對瑪德蓮說：「妳將會大爲恢復，因爲妳被深愛著。」無上的寬恕應能喚醒一種無上的虔信。

爲何我們的道德標準要比耶穌基督來得嚴格呢？爲什麼我們固執於連我們都難以深信的世間的標準？我們會拒絕那些因坦承過去的汙穢而泣血的心靈，而他們只是期待一隻友愛的手來包紮傷口並得到心靈的恢復？

我陳述的是我生存的時代，此時幸好伏爾泰的學說已不盛行了，衆人，像我一樣，體會到人道主義已興盛十五年了。善惡學說始終未曾確立；信仰正待重建，我們正逐步恢復對聖物的尊敬，而如果世界不夠完美，至少已有改善。所有智者的努力都有共同的目標，所有偉大的意志都堅守共同的原則：要好，要年輕，要真實！虛榮是種罪惡，應該要以良善爲傲，特別是不要絕望。不要分不清既非母親，不是少女，又非妻子的女人。不要減低對家庭的尊重，勿減輕對自我的耽溺。由於上天樂見一位憾恨的釣者，甚於一百位從不垂釣的正義之士。盡量取悅上天吧。它會加倍奉還。在我們的路途中留下物質世界已然喪失的寬恕的恩慈，也許能拯救一個神聖的希望，而就像好心的老婦人在推薦自己的祕方時所說，如果此法無效，至少也無害。

的確，對我而言，要自我所遭遇的狹隘題材中找到這麼偉大的結果，應該是相當艱難的。但是我也深信，凡事皆起源於微小的道理。孩子雖小，裡頭藏了個大人；腦子雖窄，能收納所有思維；眼睛不過是個點，卻擁抱了所有的地方。

第四章

兩天後，拍賣完全結束。總共收入十五萬法郎。債主們分走了三分之二，死者的家屬，一位妹妹和一位小外甥，繼承了剩餘的部分。這位妹妹在得知繼承五萬法郎時，又驚又喜。

這位年輕少女已有六、七年未曾見到姊姊，當年這位姊姊在無人知情的情況下失蹤了，自此而後無人知曉她生活上的半點訊息。

這位少女很快地來到巴黎，凡認識瑪格麗特的人，在看到她唯一的繼承人是位豐腴、美麗，之前從不曾離鄉的鄉下女子，無不大為驚訝。

她突然之間便擁有這筆意外的財產，連它是怎麼來的都還來不及知道。

自此我聽說，她回到鄉下，帶回她姊姊死亡的極度悲傷，並將這份遺產以四又二分之一的利息做了投資。

在巴黎，這個醜聞之母的城市，所有這些千篇一律的情節又開始被遺忘，我甚至忘了我涉足這些事件的緣由，直到一樁新事件讓我認識了瑪格麗特的一生，也讓我得知如此感人的細節，因此我渴望於寫下這則故事，我便開始動筆了。

自從那棟公寓的所有家具都被變賣一空，而公寓也被出租的三、四天後，一天早上有人來按我家的門鈴。

我的管家，他是門房順便幫傭，幫我開了門，並捎給我一張卡片，並且告訴我託他送卡片的人有話跟我說。

我瞄了一下卡片，讀到了這些字：亞蒙・都瓦勒。

我尋思了一下，我在哪兒見過這個姓名，然後我想起是在標題為《瑪儂・勒絲蔻》的書的首頁。

將這本書給了瑪格麗特的人，為何要見我？我馬上吩咐門房請這位訪客進來。

這時，我見到一位金髮、高大、蒼白的年輕男子，身著旅裝，顯然在巴黎待了幾天，到了巴黎連刷撣外衣的時間都沒有，一身的灰塵。

都瓦勒先生極為激動，也不去掩飾他的激動，他的眼裡含著淚水，並以顫抖的聲音跟我說：

「先生，我請求你原諒我的貿然造訪和我的衣著；除了想說我們同是年輕人應該不會介意，再者我渴望今天就見到你，我連住旅館的時間都沒有，我一放好行李便直奔你家，也不管是否來早了，就惟恐見不著你。」

我請都瓦勒先生在火爐邊坐下來，他從口袋裡拿出手帕，並且將臉埋了進去。

「你想必難以了解，」他悲傷地嘆氣，「這位陌生的訪客會要找你做什麼，在同樣的時間，穿著同樣的服裝，然後像這樣哭泣，先生，我來，純粹是想請求你的幫助。」

「先生，請說，我會盡力幫你。」

「你參加了瑪格麗特．荀蒂耶的拍賣會了？」

說完，一度情緒過於激動，他以雙手掩目而泣。

「我應該是令你覺得頗荒謬，」他補充說，「請再度原諒我，並請耐心聽我訴說，我將銘記在心你的這番心意。」

「先生，」我回答，「如果我的幫忙，可以稍稍減輕你心中的遺憾，請快告訴我怎麼做對你最好，我很樂意為你服務。」

都瓦勒先生的痛楚很令人同情，我會盡我所能讓他心裡好受一點。

他於是對我說：

「你是否在瑪格麗特的拍賣會上買了某樣東西？」

「是的，先生，一本書。」

「瑪儂．勒絲蔻？」

「這本書還在嗎？」

「在我的臥房裡。」

亞蒙．都瓦勒先生聽到這裡，神情顯得舒緩許多並且向我道謝，就好像我已經給他看過這本書似的。

於是我起身，走進臥房拿出這本書交給了他。

「這挺好的，」他邊看第一頁的簽名，邊翻閱其他扉頁，「挺好的。」

說著說著，在扉頁上滴落兩滴眼淚。

「嗯，先生，」說時抬頭看我，不怕讓我看到他剛才哭過，並且即將又要掉淚，「你很喜愛這本書嗎？」

「為何問這個，先生？」

「因為我正想請求你把它讓給我。」

「請原諒我的好奇心，」我說，「這是你送給瑪格麗特．荀蒂耶的嗎？」

「是的。」

「先生，這本書既然是屬於你的，請你收回去，我很高興能夠物歸原主。」

「但是，」都瓦勒先生帶著尷尬的語氣說，「至少讓我付給你那筆你購買的價錢。」

「請容許我將它贈予你，在這種拍賣會上，一本書的價錢根本不足爲道，而且我也想不起來到底是付了多少錢。」

「你付了一百法郎。」

「眞的嗎？」這回換我尷尬了，「你怎麼會知道的？」

「這很簡單，我本來要來巴黎趕赴瑪格麗特的拍賣會，結果我直到今天才到達。我一定要擁有一件她的遺物，於是我跑到拍賣委員會向他們懇求看拍賣清冊和買主的姓名。我看到這本書爲你所購得，便下定決心要請你讓渡給我，雖然你出的價錢令我擔心，可能這本書對你有著某種個人的回憶也說不定。」

說到這兒，亞蒙顯然很擔心我跟他一般熟識瑪格麗特。

我趕緊讓他放心。

「我跟瑪格麗特並不熟，」我對他說，「她的死對我產生的遺憾，就跟所有年輕男子對他心儀的美女的死一樣。我想在她的拍賣會上買樣東西，我執意於即使追高也非買到這本書不可，我不知道爲什麼，可能是爲了激怒一位與我競價、高傲而不相信我能買得到的先生吧。」我於是重複地說，「先生，這本書非你莫屬，我再次請求你接受，免得你像我一樣受盡拍賣的波折才擁有它，也許我們因此而成為朋友，而且成為知己呢。」

「先生，這樣很好，叫我亞蒙，」他伸手握住我的手，「我接受，你將是我一輩子的朋友。」

我很想問亞蒙關於瑪格麗特的事，因為書中的簽名，他不辭千里而來，又極力想擁有這本書，在在都激起我的好奇心；但是我擔心詢問我的訪客，會令他誤解我之所以拒絕讓他付錢，只是為了探他的隱私。

他似乎猜到了我的心思，因為他對我說：

「你讀過這本書了嗎？」

「完全讀過了。」

「對我所寫的兩行字，你有什麼看法？」

「我立刻明白，對你來說，你贈予這本書的可憐女子只是你的普通朋友，因為那幾行字不過只是尋常的禮貌用詞。」

「先生你也許說得對。這位女子是一位天使，」他對我說，「來，讀這封信。」

他拿給我一張顯然被讀過不知多少回的信紙。

我打開來，以下是信的內容：

我親愛的亞蒙，我收到了你的信，你很健康，感謝上帝。是的，我的朋友，我病了。是罹患難以醫治的幾種疾病之一；但是你仍然對我這麼關心，減輕了不少我的病痛。我恐怕活不到那麼久可以有幸握握那位寫那封我剛收到的信的人的手，如果我的病可以醫治的話，可使我痊癒的將是信中的字句。我見不到你了，因爲我已行將就木。我要到的地方是與你永遠隔絕的。可憐的朋友，你從前的瑪格麗特已經完全變了個人，不要再見到她可能會比見到她可怕的模樣來得好。你問我是否原諒你；喔，打從內心深處，朋友，因爲每個你愛我的證明，對我都是一種折磨。我臥病一個月了，對你牽繫最多，因此我每天寫我的生命日記，從我們分離的那一刻直到我不再有力氣寫爲止。

如果你對我是眞心的話，亞蒙，等你回來時，去找茱麗．都普哈。她將把這本日記交給你。你也就能明瞭我們之間所曾發生的事情，其背後的理由。茱麗對我很好；我們在一起時，經常談到你。你的信到達時，她也在場，我們一邊唸，一邊掉淚。

萬一你不捎給我音訊的話，她將負責在你到巴黎時交給你這本日記。請不用感謝我。每天重溫我生命中唯一的快樂時光，帶給我莫大的幸福。如果你在這本日記中找到過去分手的原因，對我將是永遠的解脫。

我本想要留給你某樣讓我一直想起你的東西，但是全都在我家裡，而沒有一樣屬於我。你能了解嗎，我的朋友？我就快死了，從我的臥房，我聽見我的債主們派來看管家具的守衛在客廳走路的腳步聲，萬一我沒死的話，屋裡也是一物無存了。希望他們能等到最後一刻再拍賣。

啊，人們是這麼殘酷！要不然就是我錯了，是上帝公正而沒有彈性。

喔，我所愛的人，請來我的拍賣會，買下某件東西吧，因爲要是我私自爲你保留某樣小東西，而這樣東西後來被人購得的話，人家會當你是小偷。

現在我要告別這悲慘的人生了！

上帝若果眞仁慈，請允許我在死前再見到你！依照目前的情況來看，永別了，我的朋友；如果我寫的信不夠長的話，請原諒我，因爲所有說可以治好我的病的醫師，已將我的血抽盡，我的手已經沒辦法再寫了。

瑪格麗特·苟蒂耶

事實上，最後幾個字幾乎無法辨讀。

我將這封信還給亞蒙，適才在我讀信的同時，想必他自己也在腦海中默讀了一遍。因爲他在收回這封信的同時，對我說：

「任誰也無法相信，寫這封信的會是一位風塵女子！」因著過去的回憶而過於激動的他，有一段時間在他想著這封信的內容時，竟然是用雙唇銜著這封信。

「當我想及我沒能見她死前最後一面，以及我再也見不到她了；」他回過神來，說，「當我想及她爲我所做的連姊妹都做不到，我就無法原諒我自己任由她就這樣去世。」

「她死了！死了！死前還想著我，寫著、唸著我的名字，我可憐心愛的瑪格麗特！」

而這時的亞蒙，任由思緒和淚水自由地傾瀉，拉著我的手並且繼續說：

「如果別人看到我爲這樣的女子的死如此哭泣，想必會覺得我像小孩子；這是因爲他們並不清楚我是如何讓這位女子受苦，不知道我是多麼殘酷，而她是多麼善良和委屈。我本來認爲我可以請求她寬恕我，而現在我卻自覺愧對她的寬恕。喔！我願以十年的生命換取在她面前哭泣懺悔一個小時。」

要寬慰我們無法體會的痛楚是一件困難的事，然而我卻完全能捕捉到這位年輕男子的悲傷，他如此信賴我而毫無保留的對我表達內心的遺憾，我覺得我應該對他說幾句關心的話，我說：

「你有父母，或者朋友嗎？想到他們，甚至見到他們，會讓你得到莫大的安慰，因爲我就只會發發牢騷而已。」

「說得對，」說著並起身在我的房裡踱方步，「我讓你煩透了，請原諒，我只想到自己的痛楚，忘了這對你並無關緊要，我一味地將這無法也不該引發你關心的事加諸在你身上。」

「你誤解了我的意思，我願意幫助你；只是我自嘆能力不足，不能寬慰你的悵恨。如果我和朋友的社交圈子能讓你心情好一些，如果後來你需要我幫忙，不管是什麼，我要你明瞭，我很榮幸也很樂意幫忙。」

「抱歉，抱歉，」他對我說，「痛苦讓我失去了知覺。容我再多待幾分鐘，讓我有時間擦乾眼淚，免得路人會好奇地看我，爲什麼一個大男生會哭成這樣。方才你贈送我這本書令我感到十分幸福；我不知道要怎麼報答你才好。」

「請給我一點你的友誼，」我對亞蒙說，「並且告訴我你爲什麼會覺得遺憾。我們互相訴說痛苦，並且互相安慰。」

「你說得對；但是今天我太容易掉淚了，我會邊說邊哭。有一天我會讓你明瞭這則故事，那時你就會明白爲什麼我爲這位可憐的女子感到抱憾。而現在，」說著最後一遍揉擦眼睛，並端視著鏡子，「告訴我你不會覺得我的樣子太蠢，並且允許我再回來看你。」

這位年輕男子的目光柔和而善良；我看著他時讓他頗爲尷尬。

至於他，他的眼睛又再度閃著淚光；他發現我注意到了，連忙將眼光移開我的視線。

「要堅強一點啊！」我對他說。

於是他跟我道別。

爲了強忍住不哭，出門時他簡直是跑著出去的。

我拉開窗簾，看著他坐上在門邊等他的馬車；但是他又掉下了眼淚並以手帕掩臉。

第五章

過了一段頗長的時間沒聽人說起亞蒙，但是卻經常聽人提到瑪格麗特。

我不知道是否你已經注意到了，一旦有一個你覺得陌生或漠不關心的姓名出現在你面前，就足以讓你逐漸地累積關於他的點點滴滴，然後你也會聽到所有朋友跟你提到你未曾聽到的細節。你也會發現這個人幾乎能打動你的心，你會注意到她其實已經在你不經意時打從你生命中經過了好幾回；你也會在聽來的這些事件中，找到跟你人生中的某些遭遇巧合和共鳴之處。我本來並不清楚瑪格麗特的一生，我只是看過她，跟她巧遇，我記得她的臉和穿著；然而打從那回拍賣會之後，她的姓名經常在我耳邊響起，加上我在上一章提到的故事，這個姓名便摻雜了一份如許深刻的悵恨，隨著我的好奇心的與日俱增，我內心的悲嘆也逐步加強。

結果是我逢人便提瑪格麗特，我跟他們說：

「你認識一位名叫瑪格麗特的女子嗎？」
「那位茶花女？」
「正是。」
「相當清楚！」
這句：相當清楚！時常伴隨著曖昧的笑容，顯然別有含義。
「那麼，這位女子究竟是怎樣的人？」我繼續說下去。
「一位風塵女子。」
「就只有這樣麼？」
「我的天啊！是的，比起別的風塵女子多了靈性以及也許還多了一點眞心。」
「你對她還知道什麼特別的嗎？」
「G男爵爲她傾家蕩產……」
「只有這樣嗎？」
「她曾經是某位老公爵的情婦……」
「她眞的是他的情婦嗎？」
「大家都說：總之，他給了她很多錢。」

聽到的大致上老是同樣這些細節。

然而我好奇的是瑪格麗特和亞蒙之間的關係。

有一天，我遇到一位一直都和風塵女子往來親密的傢伙。我於是向他打聽。

「你認得瑪格麗特・荀蒂耶嗎？」

我得到的答覆依舊是「相當清楚」。

「這是個怎樣的女子？」

「美麗而善良，她的死帶給我極大的傷痛。」

「她是否有一位名叫亞蒙・都瓦勒的情人？」

「一位高大金髮的男人。」

「對。」

「沒錯。」

「這個亞蒙，又是怎樣的人？」

「我想他是和她相處時間最少的男子，他是被迫離開她的。大家都說他曾經爲她瘋狂。」

「而她呢？」

「大家一直都傳言她也很愛他，但是是像一般風塵女子的愛。不應該向這些風塵女子要求她們所無法給予的東西。」

「亞蒙後來怎麼了？」

「我沒去注意。我們對他了解不多。他和瑪格麗特在一起五、六個月，不過是在鄉下。在她回巴黎時，他便離開了。」

「此後，你就沒有再見過他了嗎？」

「對。」

我也沒有再見到過亞蒙。既然他來過我家，我很想知道，是否瑪格麗特新近的死訊，不是加深他往昔的愛情，反而是他的痛苦，我認爲也許他已經忘了她的死以及要回來看我的承諾。

這種假設對其他人比較可能，但是在亞蒙極度絕望中有著誠摯的語調，從一個極端過渡到另一個極端，我自忖，他心裡的遺憾說不定已轉化爲疾病，我想如果我再沒有他的消息，有可能是因爲病了，再不然就是已經死了。

我不禁對這位年輕人產生莫大的好奇。也許在這股好奇中存有自私的成分；也許在這種痛苦之後我能發掘一則眞心感人的故事，也許我一直擔心沒有亞蒙的消息，只是爲了了解這則故事的慾望。

由於都瓦勒先生沒有再來我家，我決定去他家。藉口不難找到；不幸的是，我不知道他的地址，我問過所有能問到的人，沒有人能告訴我。

我回到翁棠街。瑪格麗特的門房也許知道亞蒙的住處。這是一位新的門房。他也跟我一樣沒有概念。我後來打探到瑪格麗特小姐的墳地所在。那就是蒙馬特公墓。

四月又臨，天氣晴朗，墳地不再有冬季給人的痛苦、傷心的氣氛；終於，天氣熱得足以讓生者緬懷起死者而前去探視。我到了墳地，自忖：看到瑪格麗特的墳墓，我就能知道亞蒙的痛苦是否還在，也許我能了解他現在的情況。

我進入守門員的住處，向他探問二月二十二日那天是否有一位名叫瑪格麗特的女子葬在蒙馬特公墓。

這位先生翻閱一本厚厚的冊子，上頭註冊了並編號所有步入這生命終點的人。然後回答我，說事實上在二月二十二日中午，有一位叫這個名字的女子下葬於此。

我請求他引領我到她的墓地，因爲在這座死者之城，有著如生者之城的馬路，卻沒有尋路的方法，也沒有嚮導。守門員叫來一位園丁並給了他一些線索，園丁沒聽完便打斷說：「我知道了，我知道了……喔！這個墳墓很容易找嘛！」並轉身走向我。

「爲什麼？」我問他。

「因爲它的花與衆不同。」

「墳地都是你在維護的？」

「是啊，先生，我多希望所有的人，都能如那位託付我照料這處墳墓的年輕人一樣，關照死者。」

經過幾處轉彎之後，園丁止步對我說：

「我們到了。」

事實上，我眼裡看到的都是一地的花，並且是別處墳墓所沒有的花，還好有一方刻有名字的白色大理石墓碑，否則沒人會注意到這是個墳墓。

大理石墓碑是直擺的，有鐵欄杆圈住了這塊買來的墓地，墓地上則滿布了白茶花。

「你覺得這些花怎麼樣啊？」園丁對我說。

「好美。」

「只要有一朵茶花凋謝，我就被吩咐要更換一朵新栽的。」

「是誰吩咐你的？」

「一位年輕人，他第一次來哭得很傷心；想必是死者的舊交，因爲聽人說這是一位活躍的交際花。聽說她很美。先生認識她嗎？」

「認識。」

「跟那位先生一樣。」園丁帶著邪惡的微笑對我說。

「不一樣，我從來沒跟她說過話。」

「那麼你還來此地看她；你人眞好，因爲來看這位可憐女子的人寥寥無幾。」

「所以沒人來過囉？」

「沒什麼人，除了這位年輕男子，他來過一次。」

「只有一次？」

「是的，先生。」

「他就沒有再來了嗎？」

「沒有，但是等他回巴黎時還會再來。」

「他去旅行啦？」

「對。」

「你知道他去哪裡？」

「我想，他去瑪格麗特小姐的妹妹家。」

「他去那裡做什麼？」

「他去請求允許讓他重新將死者安葬在別處。」

「爲什麼不讓她就葬在這裡？」

「先生，你知道我們對死者都有一些安排。我們天天都會遇到這種狀況，其他墓園也是。這塊墓地只賣五年的使用權，這位年輕人找到一塊更大而且能永久使用的墓地；並且是在新的墓園，會比較好。」

「新的墓園叫什麼？」

「是我們正在賣的新地，在左邊。如果墓地一直能像現在這樣維護，它會是全世界最美的；但是在此之前，還需要費很大的工夫整理。還有，人們是這麼可笑。」

「你要說什麼呢？」

「我的意思是，有些人連入土了都還瞧不起人家。據說這位苟蒂耶小姐曾經在風塵中打滾，容我這麼形容她。現在這位可憐的年輕女子死了；她和過世的良家婦女同樣留下黃土一坏，而我們天天爲她們的墳墓澆水；當這些葬在她旁邊的人的父母一知道她的身分，他們就會反對我們將她葬在這裡，並且說應該有另外的墓園專葬這種女子，就像有專門埋葬窮人的墓園那樣。有看過這種事嗎？我狠狠地罵過這些人；有些不用工作的大財主來看死去家人的墳一年不到四次，他們自己帶了花來，看看這是什麼花呀！他們說來此地是爲了維護家屬的墳，並在墳上寫著他們如何悲傷掉淚的事由，其實根本就不是這麼一回事，他們根本就沒有哭過，還不忘批評葬在鄰近的風塵女子的墳。先生，不管你相不相信我，我不認識這位風塵女子，我不知道她做過什麼；然而我挺喜歡她的，這可憐的人兒，我照顧她，我以最便宜的價格提供她白茶花。這是死者中我最偏愛的一位。先生，我們不得不關愛這些死者，因爲我們已忙到無暇去關愛別的。」

我看著這個人，有的讀者不用我解釋就能明白，我在聽他述說時有多麼感動。想必他注意到了，因爲他繼續說：

「聽說有的人爲這位女子傾家蕩產，聽說她有一些深愛她的情人；然而，當我想到竟沒有人帶朵花來看她，這眞是奇怪而令人感傷。再說，她已經沒什麼好抱怨的了，因爲她有自己的墳墓，而且如果只有一個情人懷念她，他爲她所做的已足夠代表其他情人。但是在這邊有一些和她年齡相仿，更可憐的風塵女子，被丟棄在同一個墓坑，每當我聽到她們可憐的遺體被摔到地上的聲音，我的心都快碎了。一旦她們一死，連一個能照料她們後事的人都沒有！我們所做的工作並非一直都讓我們感到快樂，特別是，我們若還保有一點赤子之心，就容易打抱不平，跟自己過不去。但又莫可奈何。我的感受又更強烈。我有個二十歲、美麗的女兒，看到此地葬了一位與她同齡的女人，我就會想到她，哪怕她是高貴的女士或四處飄零的流浪女，都不禁令我感動。

「但是，我的這番話想必令你覺得很無趣，而且你也不是專程來聽這些的。我奉命帶你來到荀蒂耶小姐的墳前，現在我的任務完成，接著，我還能爲你做什麼嗎？」

「你知道亞蒙．都瓦勒先生的地址嗎？」我問他。

「知道，他住在……路，起碼我都是去那裡收你所看到的這些花的款項。」

「我的朋友，謝謝你。」

我對這座布滿花朵的墳墓望了最後一眼，我不禁想探索那些地洞，看看被丟進去的屍骸成了什麼模樣，我很悲傷的離開了。

「是否先生想去拜訪都瓦勒先生？」走在我身旁的園丁又開口了。

「是的。」

「我很確定他還沒有回來，否則我應該會在這兒看到他。」

「因此，你確定他沒有忘記瑪格麗特？」

「我不但確定，而且我敢賭說他想爲她換墓就只爲了再看到她。」

「怎麼會這樣？」

「他來墳墓跟我講的第一句話是：『爲了再看到她要怎麼做？』只有改造墳墓是比較可行的辦法，我去打探所有關於遷墳的消息，因爲你知道，爲了將葬在同一墓地的死者遷到另一處，得要一一將他們認好，只有死者的家屬可以同意並通知警察局。爲了得到這項同意，都瓦勒先生走訪苟蒂耶小姐的家，在他去過她家之後，我們就可以知道結果了。」

我們來到墓園的門口；我再次向園丁致謝，並在他手上放了幾枚銅板，接著前往他給我的地址所在。

亞蒙還沒回來。

我在他家留了話，請他一到家就來看我，或者告訴我在哪裡可以找到他。

次日早晨，我收到一封亞蒙的信，告訴我他已回到巴黎，並請求我過去他家，並且說由於疲累，他根本無法出門。

第六章

我到亞蒙家的時候，他正躺在床上。

他一看到我便伸出他滾燙的手來握我。

「你發高燒了。」我對他說。

「不會怎麼樣的，只是旅途勞頓，如此而已。」

「你到過瑪格麗特的妹妹家了嗎？」

「是的，誰告訴你的？」

「我知道。你已經打聽到你想知道的了嗎？」

「是的，還是打聽到了；不過是誰告訴你我去旅行和此行的目的的？」

「是墓園的園丁。」

「你看過墳墓了？」

我幾乎不敢回答，因爲這句問話的語調在我聽來，那位說者始終都處於激動的情緒中，每回我都親眼目睹了，並且每一次他的思緒或者別人的話讓他觸及這個痛楚的話題，長久以來他的意志仍然無法駕馭這股激情。

我於是以點頭的方式來回答。

「他是否好好地照料這個墳？」

兩顆斗大的淚珠滾落在病人的雙頰，他別過頭去不讓我看到。我裝作沒看到並且試圖轉移話題。

「所以你離開了三個禮拜。」我對他說。

亞蒙以手拭淚並回答我說：

「正好三個禮拜。」

「你旅行了挺久的。」

「喔！我並不是一直在旅行，我病了十五天，要不然我老早就回來了；然而差不多一到那邊，我就發高燒並且不得不臥病在床。」

「然後你還沒有痊癒就又動身了。」

「如果我在那個國家再多待八天，我可能會在那兒喪命。」

「不過現在你回來了，你應該好好休養；你的朋友們將會來探望你。我，是第一位，如果你允許的話。」

「再過兩個小時，我就要起來了。」

「怎麼這麼疏於照顧自己！」

「我沒有辦法。」

「你這麼趕，預備做什麼呢？」

「我得要到警察局一趟。」

「你這樣只會加重病情，爲什麼不託別人去做？」

「這是唯一能令我痊癒的事。我得要見她一面。自從我得知她的死訊，特別是在我看過她的墳之後，我就再也睡不著覺了。我無法接受讓這麼年輕貌美的女子就這麼死了。我應該要自己親自看一下。我得要看看上帝是怎麼對待這個我深愛的人，也許噁心的景象將代替記憶中的絕望；你將會陪我，不是嗎……如果你不會覺得太無聊的話？」

「她妹妹跟你說了什麼？」

「沒說什麼。她非常訝異有陌生人願意買下一塊墓地並重新安葬瑪格麗特，她立刻簽署同意書。」

「聽我的，等你完全康復之後再安排重新安葬的事。」

「喔！我會挺得住的，請不要擔心。此外，如果我不快點堅定地完成，我會發狂的，完成這件事已然變成我痛苦中的需要。我向你發誓，一旦我即將見到瑪格麗特，我便無法平靜下來。這也許是讓我發燒灼熱的一股飢渴，令我失眠的一個夢，令我發狂的結果；但是，在我見過她之後，我不知道我會不會變成和尚，我很快就會知道了。」

「我能理解，」我對亞蒙說，「並且支持你；你見過茱麗・都普哈了嗎？」

「是的。喔！我一回巴黎就見到她了。」

「她有沒有將瑪格麗特要留給你的那本日記轉交給你？」

「這本就是。」

亞蒙拿起垂掛在耳下的眼鏡，並且立刻戴上。

「我能背誦整本日記的內容，」他對我說，「這三個禮拜以來，我每天反覆閱讀十遍。你也將讀到，不過等過一陣子，等我心情平復一些，並且等我能夠讓你了解這項真心真愛的自白。」

「現在，我對你有一項請求。」

「是什麼？」

「在下頭有車子等你嗎？」

「是的。」

「那麼，你能否帶著我的護照，到郵局看看有沒有我的信？我的父親和妹妹應該有寄信到巴黎給我，我當時匆匆告別，來不及先行告之。等你從郵局回來，我們一起去警察局通知他們明天的遷葬儀式。」

亞蒙把護照交給我，我便前往那條名為瓊－賈克－胡梭的路。

有兩封亞蒙的信，我領了信並回到他家。

當我再見到亞蒙時，他已經穿戴整齊準備出門。

「謝謝，」他拿著信對我說，看了地址之後又說，「是的，是的，這是我的父親跟妹妹寄來的。我什麼都沒交代想必令他們非常納悶。」

他打開信，根本沒有讀而是掃描了一下，不一會兒，便將信摺疊收了回去。

「走吧，」他跟我說，「我明天再回信。」

我們前往警察局，亞蒙交給他們一封瑪格麗特妹妹的授權信。

警察則交給他一封對墓園園丁的建議書；遷葬事宜最好在次日早晨十點辦理，而我會提前一個小時去接他，然後我們一起前往墓園。

我也一樣，對參加這個典禮內心充滿了好奇。而且我坦承當天晚上我根本睡不著。

將心比心，那晚對亞蒙來說更是漫漫長夜。

次日早晨九點，我到達他家，他的臉色出奇的慘白，不過卻顯得很平靜。

他對我微笑，並且跟我握手。

他房內的蠟燭直點到天亮，而且，在出門前，亞蒙帶了一封要寄給他父親、厚厚重重的信，想必是他整夜的感想。

半個小時之後，我們到達了蒙馬特。

警察已經在那兒等我們了。

我們緩緩地走向瑪格麗特的墳。警察走在前頭，亞蒙跟我則在他身後數步之遙緊緊跟隨。

偶爾我感受到我身旁的夥伴的手臂在抽搐顫抖，好像這股抖動突然襲擊他一般。所以，我轉頭看他；他會意地對我微笑，不過打從出了他家的門，我們沒有交談過半句話。

快到墳墓前，亞蒙停下來擦拭他臉頰上大顆滾落而氾濫的淚水。

這個止步正好讓我喘一口氣，因爲我自己則好像心口被掐住一般。

在看到墳墓時的這股痛楚的喜悅，到底是從何而來！就在我們來到墳墓之前，園丁已移開了所有的花盆，鐵欄杆也被拆走了，而且有兩個人在挖土。

亞蒙倚靠著一棵樹，看著工人挖土。

好像他的一生在他眼前一幕幕地重現。

突然，有一柄鐵鏟敲到了一塊石頭。

聽到這個聲音，亞蒙像被電力擊中般往後退步，並且極爲用力地拉住我的手，他拉痛了我的手。

一位安葬工人拿出一柄巨鏟，逐漸地挖開一個大洞；直到露出一堆覆蓋棺木的石頭，他則把它們一一丟出洞外。

我觀察著亞蒙的動靜，每分鐘都擔心他的知覺會因過度注視而喪失功能；但是他還是一直看著；雙目眨也不眨的睜開著，像是整個人呆掉似的，雙頰和雙唇的輕微顫抖只證明他有嚴重的精神崩潰危機。

至於我，我只能說我很後悔到這兒來。

當棺木完全裸露出來的那刻，警察對鏟土工說：

「打開。」

這些人奉命行事，就好像這是世上最單純的一件事。

棺木是榛木做的，工人旋開棺蓋上的螺絲釘。土壤的濕度已朽壞了釘子，不必太費力便可以打開棺木。一股令人作嘔的屍臭往外撲來，即使棺內已塞滿了芳香的植物。

「喔，我的天呀！我的天呀！」亞蒙喃喃自語，臉色又再度蒼白。

鏟土工自己也倒退了好幾步。

一片巨大的白麻布覆蓋了屍身，由麻布勾勒出人體的曲線。麻布的一角完全被腐蝕了，露出了死者的一隻腳。

我當時幾乎快不行了，直到我寫作這些句子的當刻，對此一景象的記憶仍然使我好像再度親臨恐怖的現場一般。

「動作要快，」警察說。

這時一位工人伸出手，拆開了麻布，並且抓著它的一角，突然掀開了瑪格麗特的臉龐。看到此景眞是恐怖，要描述它更是嚇人。

她的眼睛只剩下兩個洞，雙唇不見了，白色牙齒已經擠壓成一堆。黑又枯乾的長髮因爲天候而黏貼在一起，並且稍微遮掩了雙頰上的綠洞，然而我在這張臉上，找到了我從前經常看到的那張白皙、粉紅而歡愉的臉龐。

亞蒙無法將視線移開這張臉，他用手帕掩口並以牙齒咬住手帕。

至於我，我覺得好像有一個鐵箍子圈住了我的頭，有一張面紗罩住我的眼，耳鳴聲充塞雙耳，我所能做的便是打開我不經意帶來的香鹽瓶，用力地呼吸。

在暈眩中，我聽見警察對亞蒙說：

「你認得出來嗎？」

「是的。」這年輕男子的回答幾乎聽不見。

「那麼就蓋起來抬走吧。」警察說。

安葬工將麻布又蓋回死者的臉部，闔上棺木，一人抬一角，準備抬往改葬的地點。

亞蒙一動也不動。他的眼睛牢牢地盯住這個大墳洞；他的臉和我們剛剛看到的屍體一樣蒼白……我們都以爲他變成了化石。

隨著眼前景象的消失，痛楚減緩，我恢復了意識，因而了解不能再讓亞蒙看下去了。我走近那位警察。

「還有必要讓那位先生在現場觀禮嗎？」我指著亞蒙，對他說。

「不必了，」他對我說，「我甚至建議你帶他回去，因爲他的臉色好蒼白。」

「來。」因此我挽著亞蒙的手臂對他說。

「什麼？」他看我的樣子，就好像他不認得我。

「結束了，」我又說，「你應該回去了，我的朋友，你很蒼白，身體冰涼，你會被這些激動的情緒給害死的。」

「你說得對，我們走吧。」他機械地回答，卻一動也不動。

於是我抓起他的手臂，帶領著他走。

他像個孩子似的任我帶著他走，只是偶爾喃喃自語：

「你看到她的眼睛了嗎？」

他轉回頭，好像這個景象喚醒了他一般。

然而他的步伐變得凌亂顛倒，好像他只能靠雜亂的腳步前進；他的牙齒顫抖，雙手冰冷，他整個人都好像被一股劇烈的神經反應攫住那般。

我跟他說話，他不回答。

他所能做的，就是被帶著走。

到了門口我們另外叫了一輛車，天色已晚。

他一坐上車，身體更加抖動起來，他眞的有神經上的問題了，就在他抽動神經的當兒，我的恐懼令他抓緊我的手喃喃地說：

「沒什麼，沒什麼，我只是很想哭。」

然後我聽到他的胸膛鼓起，血液充滿了他的雙眼，就是流不出眼淚。

我讓他也聞聞剛才救了我的那瓶香鹽，當我們抵達他家時，他的身體又再次抖了起來。在僕人的協助之下，我讓他躺臥在床，我在他的臥房點燃了熊熊爐火，我跑去找我的醫師跟他描述所經過的情形。

他趕了過來。

亞蒙臉色通紅，他情緒激動，斷斷續續地說著一些字，其中只聽得清楚瑪格麗特的名字。

「啊，他正巧得了腦熱，但情況還算幸運，因爲我認爲，請上帝原諒我這麼說，他本來有可能發瘋的。幸好他生理的疾病克制住他精神的疾病，也許一個月後這兩方面的病都能同時痊癒。」

第七章

像亞蒙得到的這一類的疾病，患者要不就立即喪命，要不就是很快能痊癒。在我提到的這些事件發生後過了十五天，亞蒙已完全康復，我們成爲更知心的朋友。在他生病的期間內，我幾乎沒有離開過他的臥房。

春天處處充滿了花絮、嫩葉、各種鳥類以及牠們的歌聲，我朋友的窗戶愉悅地開向他家的花園，園裡新鮮的空氣對他的健康大有幫助。

醫師同意讓他起床走動，我們經常待在一起聊天，我們在下午兩點、陽光最溫暖的時候坐在敞開的窗戶邊。

我盡量不去提瑪格麗特，我一直擔心這個名字又會喚起病人平靜外表下沉睡的傷心回憶；但是相反的，亞蒙似乎很樂於談到她，談到她時也不再像從前眼裡含著淚水，而是由心靈深處發出的溫柔的微笑，這令我安心多了。

我注意到，打從他上一回去過墓園，打從他看過那驚心動魄的景象，病人內心承受痛苦的能力增強了，瑪格麗特的死對他而言似乎不再是過去不可觸摸的事實。這種肯定感給予他一種慰藉，而爲了驅散他內心經常出現的陰影，他沉湎於那段和瑪格麗特親密交往的快樂回憶之中，而且似乎只想要接受這段過去而已。

他的軀體因著疾病的損耗以及發燒的治療過程已經太過疲憊不堪，精神上無法承受劇烈的情緒，不過亞蒙過去所擁有的柔和、全面的喜悅，此時硬是將他的思緒帶往那些愉悅的情景。

他老是固執於對家人隱瞞他所經歷的危險，況且他已經痊癒，他父親更加不知道他曾經生過病這件事。

一天晚上，我們比往常待在窗邊的時間要來得久；天氣出奇地好，夕陽將天邊染成耀眼的黃金色。雖然我們身在巴黎，在四周環繞的綠意似乎將我們與世界隔離，偶爾才彷彿有一輛車子的噪音劃破我們的談話。

「差不多也是在一年裡的這個時候以及像這樣的一個夜晚，我認識了瑪格麗特……」亞蒙對我說，一邊傾聽他自己的思緒，聽不見我對他說的話。

所以我什麼也沒回答。

這時，他又轉身向我，並且對我說：

「不過我得要跟你訴說這則故事；你所寫成的書大家不見得會相信故事的眞實性，但是寫作這一則故事對作者而言是深富趣味的事。」

「你晚一點再告訴我吧，我的朋友，」我對他說，「你現在的情況還不夠穩定。」

「今晚很熱，我吃了雞肉，」他微笑地對我說，「我沒有發燒了，我們沒什麼事做，我準備全都跟你說。」

「既然你這麼想說，我願聞其詳。」

「這是一則相當單純的故事，」於是他補充說，「我打算依時間的先後次序向你描述。如果之後你要寫作，你可以很自由地修改我所說的故事。」

以下就是他跟我講述的，我幾乎一字不改地引述這則感人的故事。

「是的，」亞蒙又回到這個話頭，一邊將他的頭又埋進沙發的椅背，「是的，就是像這樣一個夜晚！白天我跟我的朋友卡斯東到鄉下去，晚上我們回到巴黎，我們不知道做什麼好，因此便前往歌劇院的音樂廳去聽管弦樂。」

中場休息時間我們走出音樂廳，在走廊上我們看到一位高貴的女士，我的朋友向她打招呼。

「你跟她打招呼的人是誰？」我問他。

「瑪格麗特．苟蒂耶。」他回答我。

「我覺得她變了很多，因爲方才我認不出她來！」我以一種待會兒你將會明白的激動情緒說話。

「她生了一場病；這可憐的女子活不了多久了。」

我此時想起來這些話，好像我昨天才剛聽說一樣鮮活。

你一定要知道，我的朋友，自從我見到這個女子兩年以來，以及兩年之後我又遇見她，這期間她一直留給我一種奇特的印象。

我無法知道爲什麼，我見到她的當時，我臉色蒼白，我的心猛烈地跳動。我有一個研究神祕學的朋友，他後來稱呼我所感受到的是「對未知的感應」；至於我，我只是單純地認爲，我注定會愛上瑪格麗特，而我預知了這點。

她一直給我一種眞實的印象，我的幾個朋友都親眼見過我和她見面時那種激動的樣子，每當他們知道我竟然對這種身分的女子有此印象，都哈哈大笑，覺得不可思議。

我第一次見到她，是在布斯廣場，許司商店的門口。一輛敞篷的四頭馬車停靠在那裡，一位身穿白服的女子從馬車上走下來。她進入店裡時，引起了一陣讚美聲。至於我，我則呆呆杵在原地，打從她進去的那一刻一直到她出店門的那一刻。透過玻璃窗，我注視著她在精品店裡挑選她前來購買的東西。我本來可以進到店裡的，但是我不敢。我不知道這位女子的身分，我擔心她會猜到我進店裡的原因而觸怒她。不過我不認爲我還能再見到她。

她穿著優雅；一件綑滿蕾絲邊的絲質洋裝，一件長方形印度風格披肩，四角飾有金絲邊和花邊，一頂義大利草帽以及一個獨特的手鐲，一大串這一年剛流行的金項鍊。

她又上了馬車，然後離開。

店裡一位男子就杵在門口，雙眼跟隨著這位優雅的客戶的馬車，直到看不見了爲止。我走近他身旁請求他告訴我這位女子的名字。

「這是瑪格麗特．荀蒂耶小姐。」他回答我。

我不敢向他問地址，便走開了。

對這一幕情景的回憶，因爲它曾經這麼眞實，如同我心裡所有的印象，它始終縈繞我心，而我四處在尋找這位如此尊貴美麗的白衣女子。

之後過了幾天，在劇院有一場大型的演出。我去了。我在第一排包廂第一眼便看到瑪格麗特．荀蒂耶。

跟我坐在一起的年輕男子也認出她來了，因爲他跟我說，一邊對我指著她：

「看，這位美女。」

此刻，瑪格麗特望向我們這邊，他看到我的朋友時，對他微笑並做手勢要他過去見面。

「我過去跟她問好，」他對我說，「我馬上回來。」

我禁不住對他說：「你眞是幸運！」

「幸運什麼？」

「要去見這位女子。」

「你是不是愛上她了？」

「不是，」我滿臉通紅地說，因爲我不確知我應該對她抱持怎樣的態度。「但是我很想認識她。」

「跟我來，我幫你介紹。」

「先要徵求她同意吧。」

「啊！拜託，跟她這樣的女人不必這麼客套。來吧。」

他所說的話令我感到痛苦。我聽到說瑪格麗特不值得我這般愛慕時，內心顫抖，還眞無法接受。

在阿勒馮斯．卡爾的一本名爲《阿姆．侯瓊》的書中提到，一位男子每晚尾隨一位極爲優雅美麗、令他一見鍾情的女子。爲了親吻這位女子的手，他覺得自己有力量做到所有的事，有意志征服一切，有勇氣承擔一切。他幾乎不敢去看她爲了不沾濕拖地的長洋裝而撩起裙角露出的迷人小腿。正當他夢想著要如何才能一親芳澤，她突然停在街角並且問他要不要到她家過夜。

他轉回頭，穿過馬路，非常傷心地回家。

我想起了這段讀過的故事，而我願意爲這位女子痛苦，我生怕她太快接受我，太迅速給我愛情，其實我想要爲這份愛情付出漫長的等待和偉大的犧牲。我們就是這樣，男人就是這樣；以想像力釋放這份詩意到處奔馳，以及讓軀體的慾望和靈魂的夢想來一回談判，這是多麼幸福的事。

最後，若有人跟我說：「你今晚若要這個女人，你明天就會被殺。」我能夠接受。有人跟我說：「給十個金幣，你就可以當她的情人。」我會拒絕並且哭泣，就像一個孩子看著夜裡浮現的城堡在夢醒時消失了。

不過，我想認識她；這是一個甚至是唯一的方法可以得知，在我心裡究竟該對她抱持怎樣的態度。

於是我告訴我的朋友，我堅持還是要他先取得她的同意將我介紹給她，我則在走廊上忐忑不安地踱步，想著她即將要見我了，以及我不知道待會兒在她面前要如何舉手投足。

我試圖預先演練我準備跟她說的台詞。

啊，愛情是這麼神聖崇高的童言童語！

過了一會兒，我的朋友回來了。

「她在等我們，」他說。

「她一個人嗎？」我問。

「跟著另外一個女人。」

「沒有男的？」

「沒有。」

「那走吧。」

我的朋友朝著劇院的門口走。

「唉，不是從那裡走的，」我對他說。

「我們先去買糖果。她請求我的。」

我們進到歌劇院旁邊的一家糖果店。

我很想買下店裡所有的糖果，並且想著店家如何找到這麼大的袋子，這時我的朋友說：

「一磅的冷凍葡萄乾。」

「你知道她會喜歡嗎？」

「她只愛吃這個，大家都知道。」

「啊！」我們走出店門時，他繼續說，「你知道我要幫你介紹的是怎樣的女人？你別以爲她是女公爵什麼的，她不過是個風塵女子，一個風塵女子如此而已，親愛的朋友；因此你不必客氣，想說什麼就說什麼。」

「好，好，」我結結巴巴地說，然後跟隨著他，一邊想著我即將治癒我的單相思病了。

當我進到包廂時，瑪格麗特大笑出聲。

「我寧可她傷心。」

我的朋友爲我引見。瑪格麗特輕輕地對我點頭致意，並且說：

「我的糖果呢？」

「在這裡。」

接過糖果的同時，她注視著我。我垂下眼瞼，滿面通紅。

她湊近身旁的女人耳邊，跟她極小聲地說了幾個字，兩個人都哈哈大笑。

我十分確定她們是因我而笑；我因而更加尷尬。就在那個年代，我有一個富有、可人、溫柔又感性的女朋友，她的情感和憂鬱、浪漫的情書，令我覺得滑稽好笑。我此時才了解我過去一定也令她同樣的難受，就在這短短五分鐘之內，我覺得從沒有這麼愛過這個女朋友。

瑪格麗特吃著她的葡萄乾，再也不管我了。

我的引見者不忍看我置身於如此荒謬的情境。

「瑪格麗特，」他說話了，「如果都瓦勒先生不知如何措辭，請妳不要見怪，妳眞的讓他太尷尬了，以至於他一個字都說不出來。」

「我比較相信是你覺得一個人來很無趣，所以這位先生才陪你來。」

「如果眞是這樣的話，」該我說話了，「我就不會請求恩尼斯先來徵得妳同意接見我了。」

「這也許只是一種用來拖延見面時間的辦法。」

如果我們和瑪格麗特這樣的女子相處過，我們就不難知道她們以調侃初見面的人爲樂。這想必是對她們天天見到的客戶經常得要忍受的羞辱之相反表現。

對她們而言，這也是對她們的世界的某種回應的習慣，是我所沒有的習慣；而且，一想到瑪格麗特剛才對待我的態度，我就覺得她的玩笑有點過分。我在乎這個女人對我的一切反應。於是我起身對她說，以一種我無法完全掩飾的變了調的聲音：

「如果妳是這麼看待我的，女士，我就不便再留下來請求妳寬諒我的粗率，所以請容我先行告退，以免我又再觸犯妳了。」

我向她告別並且走了出去。

我一關上門，就聽到第三次爆笑聲。我眞想這一刻有人在我身邊做伴。

我又回到我原來的座位。

舞台的帷幕升起，衆人鼓掌。

恩尼斯回到我身旁。

「你很誇張！」他邊坐下來，邊對我說；「她們以爲你瘋了。」

「我離開之後，瑪格麗特說什麼？」

「她大笑，並且跟我保證她從來沒有看過像你這麼滑稽的人。但是你不必爲此抗議不平；只要記得對這種女人不要太認眞，不用顧及她們的面子。她們不懂什麼優雅，什麼禮貌；就好比我們幫狗兒擦香水，牠們還會覺得香水難聞，然後跑去下水道滾一滾呢。」

「反正，我還在乎什麼？」我試著以一種滿不在乎的語氣說，「我再也不想再見到這個女人，如果在我認識她以前我還對她著迷的話，在我認識她之後就完全不一樣了。」

「嗯！就算有一天讓我看到你出現在她的包廂，並且聽說你爲她傾家蕩產，我也不會驚訝。此外，你爲她著迷也沒有錯，她雖然教養不好，但有她這麼漂亮的情婦也滿風光的。」

幸好，第二層布幕也升起，我的朋友閉嘴了。我沒辦法跟你描述舞台上表演了什麼，當時我根本心不在焉，我只記得偶爾我會抬眼望向那個我方才匆匆離去的包廂，那兒每個時候都有陸續不絕的新訪客。

不過，我還是沒有辦法不再想瑪格麗特。另一種情愫俘虜了我。我想我應該想辦法讓我們彼此忘記方才她對我的羞辱，以及我的荒謬；我告訴自己說，我即使散盡所有財富，也要擁有這個女人，並且獲得坐在那個我因羞愧而退出的包廂的權利。

表演還沒有結束，瑪格麗特和她的朋友已經要離席了。

我情不自禁，也起身要走了。

「你要離開了？」恩尼斯問我。

「是的。」

「爲什麼？」

這時，他瞥見瑪格麗特的包廂已空無一人。

「加油，加油，」他說，「並祝好運，或乾脆說是比較好的運氣。」

我走了出去。

我聽見樓梯間洋裝的摩擦聲和談話聲。我藏身在某處，沒人看得到我，而我看到那兩位女人和陪伴在旁的兩位年輕男人。

在劇院的迴廊下，有一位她們的僕人等在那裡。

「去告訴馬夫等在英格蘭咖啡廳的門口，」瑪格麗特說，「我們要走路過去。」

幾分鐘之後，他們便遊走在大馬路上，我從一家餐廳的一間大廳的窗戶，看到瑪格麗特倚靠在陽台，將她的茶花花束一朵一朵一瓣一瓣地撕下來。

那兩個男人中的一個，靠在她的肩膀上，很小聲地跟她說話。

我去到一家黃金店，從第二樓的大廳，完完全全能看清楚那扇窗戶的動靜。

清晨一點，瑪格麗特和她的三位朋友回到了馬車上。

我搭乘了一輛雙頭馬車，一路跟隨著她。

馬車停在翁棠街九號。

瑪格麗特下了馬車，然後獨自回家。

這想必是個巧合，但這個巧合令我十分開心。

打從這天開始，我經常在劇院、在香榭里舍大道遇到瑪格麗特。她始終是那麼愉悅，我則老是這麼激動。

有十五天我到處都見不到她。我去找卡斯東，向他打聽她的消息。

「這可憐的女子生了重病。」他回答我。

「她生了什麼病？」

「她得的是肺結核，因爲她做那樣的營生，注定是好不了了，她臥病在床，而且快死了。」

人心很難理解；我聽到是這種病還滿高興的。

我每天都去打探病人的情況，但是沒有登記我的名字，也沒有留下名片。我因此知道她後來逐漸康復，還知道她去了巴尼野。

然後時間的流逝，我對她的印象，要不然就是回憶，從我的心靈中一點一點地消褪。我旅行去了；人際關係、習慣、工作取代了這番遐想，而每當我想起這第一回的愛情歷險，我就只在這裡頭看到我們年少輕狂時都曾有過的一股激情，過後我們都會因此覺得好笑。

除此之外，在我的這份回憶裡也一無斬獲，因爲自從她離去後我再也沒見過她，而且，如我跟你說過的，當她走過我身旁，出現在劇院的走廊時，我竟然認不出她來。

她蒙著面紗，是眞的；但是如果是早在兩年前，就算她蒙著面紗，我不需要看她就可以認出她來：我用猜的就可以猜到。

當我知道那是她時，我的心禁不住怦怦地跳；兩年都沒見到她，這次分別所帶給我的種種難受，都在我碰觸她的洋裝的那一溜煙中消失了。

第八章

不過，亞蒙頓了一下繼續說，我很清楚知道我依然愛慕著她，甚至比過去更爲強烈，而且在我想找回和瑪格麗特的牽繫的慾望中，也有一種想讓她看看我因她變得更堅強的想法。

爲了讓這顆心得到它想得到的，心自己會去走許多路，也會去找各種理由！

還有，我不能長久待在走廊上，我於是回到位子上欣賞管弦樂，一邊快速地掃描整個音樂廳，看她會在哪個包廂。

她坐在一樓的包廂，獨自一人。如我跟你所說的，她變了很多，我在她的嘴角再也找不到她慣有的那抹漠然的微笑。她曾經痛苦過，她此時還在痛苦之中。

儘管已經是四月天了，她仍舊穿著冬裝，全身裹著天鵝絨。

我如此固執地注視著她，於是我的目光吸引她的目光。

她估量了我好一會兒，並拿起望遠鏡想看清楚我，她想必認爲她認得我，雖然她並不能確定我是誰，因爲當她放下望遠鏡的時候，一朵微笑，女人的嫵媚的招呼語，遊走在她的唇際，並且等著我跟她打招呼時要還我一個招呼；但是我沒有任何回應，我裝作沒有看到她，好像忘記她記起來的事。

她以爲自己弄錯了，將頭轉了回去。

舞台的帷幕拉起。

我在歌劇院看過幾次瑪格麗特，她從來沒有注意過舞台上的表演。

至於我，台上的演出也不怎麼吸引我，我只專注看她，但是一邊又極力地避免讓她發現。我因此看到她和坐在對面包廂的一個人互換目光；我朝向這個包廂望去，而我認得包廂內的這位女人，我跟她還滿熟的。

這個女人以前是一位風塵女子，她曾經想當戲劇演員，卻不得其門而入，後來靠著跟巴黎的風塵女子的關係，便做起貿易並開了一家時裝店。

我想到我可以經由她跟瑪格麗特邂逅，我趁著她望向我這邊時以手和眼睛跟她問好。

我預期的效果達成，她把我叫到她的包廂。

普郁冬絲．都婉娜，這個名字在美髮界挺響亮的，她是典型的四十歲的胖女人，跟像她這樣年長、見過世面的女人打聽事情，不需要拐彎抹角，不用客套，特別是當我們想知道的事情就像我要問她的事那麼簡單。

我趁她又在和瑪格麗特打手勢時，對她說：

「妳在看誰啊？」

「瑪格麗特・苟蒂耶。」

「妳認識她？」

「是啊；我是她的美髮師，她也是我的鄰居。」

「所以妳住在翁棠街？」

「七號。她家浴室的窗子面對我家浴室的窗戶。」

「聽說這是個嫵媚的女人。」

「你不認識她？」

「不認識，但是我很想認識她。」

「你要我請她過來這個包廂？」

「不要，我比較喜歡妳把我介紹給她。」

「在她家？」

「是的。」

「這比較難。」

「爲什麼？」

「因爲『保護』她的老公爵很會吃醋。」

「『保護』這個字眼很有意思。」

「是的，保護，」普郁冬絲又說，「這可憐的老傢伙，很不自在地當她的情人。」

普郁冬絲於是跟我描述瑪格麗特是如何在巴尼野認識老公爵。

「原來如此，」我接著說，「她才會單獨在這裡？」

「一點也沒錯。」

「但是誰在接送她？」

「他。」

「所以他會過來接她？」

「待會兒。」

「妳呢，誰送妳回去？」

「沒有人。」

「我送妳回家。」

「但是，我想你是跟朋友來的。」

「那麼我們一起送妳回去。」

「你的朋友是誰？」

「他是個迷人的男子，很有靈性，他會很高興認識妳。」

「嗯，就這麼辦，表演結束我們四個人一起走，因爲我認識一個女的。」

「很樂意，我先去告訴我的朋友。」

「去吧。」

「啊，」在我準備走的時候，我對普郁冬絲說，「看，公爵進到瑪格麗特的包廂。」

我一直看著。

其實，是個七十來歲的人，他坐在這位花樣年華的女子後面，交給她一包糖果，她微笑地接過來，然後她把這包糖擺放在包廂前方的平台，向普郁冬絲做手勢像是要說：

「妳要不要來一點？」

「不要。」普郁冬絲做了個手勢。

瑪格麗特拿回那包糖果，轉身，跟公爵聊了起來。

這過程的所有的細節，都很孩子氣，但是所有跟這個女子有關的點點滴滴，都在我的記憶裡自然湧現，今天我情不自禁地想起來。

我下去告知卡斯東，方才我爲他跟爲我安排的事。

他接受了。

我們離開我的座位，準備上到都婉娜夫人的包廂。

我們一打開音樂廳的門，就遇到瑪格麗特和公爵要準備離開，我們停下來讓他們先過。

我願意以十年的生命換取這位老傢伙此刻的角色。

來到大街，他讓她坐在後座，他則坐在駕駛座親自爲她駕車。他們讓兩匹出色的駿馬拉著，迅速地消失在大街上。

我們進入普郁冬絲的包廂。

表演結束之後，我們下去租了一輛簡便的馬車，前往翁棠街七號。到了她家門口，普郁冬絲邀請我們上去她家，她想帶我們去參觀她的商店，我們還不曾來訪而她很引以爲傲的那幾個店面。你可以想像我是多麼有壓力地接受了。

我想我是一點一點地靠近瑪格麗特。我很快又將話題轉向她。

「老公爵在妳的鄰居家？」我問普郁冬絲。

「不在；她應該是獨自在家。」

「但是她會無聊死了。」卡斯頓說。

「我們幾乎每晚都在一起，不是她過來，就是她叫我過去。她從來不在清晨兩點前入睡。她無法早點睡。」

「爲什麼？」

「因爲她患有肺病，而且她幾乎一直會發燒。」

「她沒有情人嗎？」我問。

「我去她家時，從來沒看過有人在那兒過夜；不過，我不確定在我離開之後是不是有人過來；常常我會在晚上在她家遇到某一位N伯爵……他認爲在晚上十一點來訪有助益於他們的感情發展，他會送她各類的珠寶，只要她喜歡；但是她很厭惡他。她這樣不對，這個年輕人很有錢。我雖然有時候跟她說：『我親愛的小女生，這正是妳需要的男人！』她很平淡地聽我說，對我轉過背去並回我說他太笨了。他是很笨，我同意；但是對她是個不錯的預備人選，因爲這位老公爵早晚都會死的。老頭子都是自私鬼；他的家人不停地責怪他對瑪格麗特這麼痴迷：這兩個理由就可以想見她以後會孤苦伶仃。我老是教訓她，她總是回答我說，等公爵死了再接受伯爵不遲。」

「像她這樣過活，」普郁冬絲接著說，「早晚會無聊死了。我很清楚，要是我，我沒辦法過這樣的日子，我會很快地離開那個老傢伙。這個老頭，毫無品味；他把她當作女兒，他需要她就好像需要個孩子，他老是監視著她。我確定在這個時候，一定有個僕人在街上巡視，看看有誰走出她家的門，特別是看看有誰進去。」

「啊！這個可憐的瑪格麗特！」卡斯東邊說，邊坐到鋼琴前面彈奏起華爾滋曲，「我不知道這件事。不過這段時間，她看起來比較不快樂。」

「噓！」普郁冬絲做聲，並專注地傾聽。

卡斯東停了下來。

「我想，她在叫我。」

我們都注意地聽。

的確，有個聲音在叫普郁冬絲。

「走吧，先生們，你們走吧，」都婉娜夫人對我們說。

「啊！妳這樣哪裡算是善盡地主之誼，」卡斯東微笑地說，「應該是等我們想走時才讓我們走。」

「爲什麼我們得要走了？」

「我要去瑪格麗特家。」

「我們在這邊等。」

「這樣行不通。」

「那麼，我們跟妳一道去。」

「那更加不行。」

「我呀，我認識瑪格麗特，」卡斯東說，「我正好去拜訪她。」

「但是亞蒙不認識她。」

「我會幫他介紹。」

「這是不可能的。」

我們又聽到瑪格麗特的聲音一直在叫著普郁冬絲。

普郁冬絲跑到她的浴室。我和卡斯東跟著她去。她打開了窗戶。

我們躲起來免得被從窗外看到。

「我叫妳十分鐘了，」瑪格麗特以一種近乎發號施令的語氣，從她的窗子那兒說話。

「妳找我什麼事？」

「我要妳馬上過來。」

「爲什麼？」

「因爲N伯爵一直還在這兒，我快被他煩死了。」
「我現在沒辦法。」
「有誰絆著妳嗎？」
「我家有兩位年輕人，他們還不想走。」
「告訴他們妳得出門了。」
「我已經跟他們說過了。」
「嗯，把他們丟在妳家；他們看到妳出門，自然也會離開的。」
「他們會把我家弄得亂七八糟的！」
「但是他們想留下來做什麼？」
「他們想見妳。」
「他們叫什麼名字？」
「妳認識其中一位，卡斯東先生。」
「啊！對，我認得他；另一位呢？」
「亞蒙．都瓦勒先生。妳不認識他嗎？」
「不認識；但是還是帶他們過來，除了伯爵我誰都喜歡。我等你們，快點過來。」

瑪格麗特關上了窗子，普郁冬絲也一樣。

瑪格麗特，她一度記得我的臉，卻記不得我的名字。我寧願她記得我的笨拙也不要完全忘記我。

「我很清楚，」卡斯東說，「她會很高興見到我們。」

「『很高興』說得不對，」普郁冬絲邊圍上披肩戴上帽子，邊回答，「她接待我們是為了趕走伯爵。試著比伯爵更討人喜歡一點，否則，我了解瑪格麗特，她是會生我的氣的。」

我們隨著普郁冬絲下了樓。

我在顫抖；我認為這次的造訪將對我一生產生重大的影響。

我甚至比那晚在喜劇院的包廂初見她時還要更激動。

到達你認得的公寓門口，我的心撞擊得好厲害，腦中一片空白。

幾個鋼琴的和弦傳來我們的耳際。

普郁冬絲按了門鈴。

鋼琴聲戛然而止。

一位貌似來做伴而非傭人的女人，幫我們開了門。

我們穿過客廳，再從客廳來到這個年代你見過的仕女專屬的小待客廳。

一位年輕男子倚著壁爐。

瑪格麗特，坐在鋼琴前面，她的手指在琴鍵上滑動，開始彈奏那些她未彈完的部分。

這一幕情景透露出無聊的氣氛，男的因爲被冷落而尷尬，女的則因家裡來了不受歡迎的訪客而提不起勁。

聽到普郁冬絲的聲音，瑪格麗特站起來，在給了都婉娜夫人一個感激的眼神之後迎向我們，她對我們說：

「請進，先生們，請做個受歡迎的客人。」

第九章

「你好，我親愛的卡斯東，」瑪格麗特對我的同伴說，「我很高興見到你。你爲何沒有到我的包廂來？」

「我擔心太過冒失。」

「朋友，」瑪格麗特特別強調這兩個字，好像她有意講給早已在她家的人聽，不顧她接待的方式其實是適合熟朋友的，卡斯東過去和現在都稱不上是她的朋友，「朋友哪裡會冒失。」

「那麼，請容許我爲妳介紹亞蒙．都瓦勒先生！」

「我已經允許普郁冬絲這麼做了。」

「其實，女士，」於是我靠近，以清晰的聲調說，「我已經很榮幸地經朋友介紹，見過妳一次。」

瑪格麗特迷人的眼睛似乎正在搜尋她的記憶，然而她一點也想不起來，要不然就是裝作一點也想不起來。

「女士，」我於是又說，「我了解妳爲何忘記第一次的碰面，是因爲我表現得很荒唐，妳想必被我煩死了。那是兩年以前，在歌劇院的喜劇廳；我當時和恩尼斯一起。」

「啊！我想起來了！」瑪格麗特帶著微笑地說。「不是你荒唐，是我太調皮，我現在還是有一點，但比以前好多了。你原諒我了嗎，先生？」

於是她伸出手來讓我親吻。

「是眞的，」她又說，「我有嘲弄第一回碰面的人的壞習慣。這是很笨的壞習慣。我的醫師說，這是因爲我的神經緊張並且一直在病苦中的緣故。請相信我的醫師說的。」

「但是妳現在看起來氣色很好。」

「喔！我以前生病很嚴重。」

「我知道。」

「誰告訴你的？」

「大家都知道；我經常過來打聽妳的消息，我後來也很高興得知妳康復了。」

「從來沒有人交給我過你的名片。」

「我從來沒有留過。」

「你就是在我生病期間天天來打聽我的病情，而又不願意告知姓名的那位年輕人？」

「就是我。」

「那麼，你實在很有度量，也很慷慨。」在投給我一種女人慣以用來表達對男人的欣賞的眼光之後，她轉身向伯爵說，「伯爵，你沒有這麼做過吧？」

「我只認識妳兩個月。」伯爵自我辯護地說。

「而這位先生不過只認識我五分鐘。你老是回答這種莫名其妙的話。」

女人一向對她們不喜歡的人毫不留情面。

伯爵臉色泛紅，咬住嘴唇。

我很同情他，因為他顯然跟我一樣愛慕著她，而瑪格麗特生硬的坦白的一番話，應該令他非常難受，特別是在兩位陌生人面前。

「我們進門時妳正在彈奏音樂，」我為了改變話題，因此我說，「為了招待我這個已見過面的朋友，妳不繼續再彈幾首嗎？」

「喔！」她跳進沙發裡並且做手勢要我們坐下。「卡斯東很清楚我彈奏的音樂如何。當我單獨和伯爵在這裡時還好，但是我可不願意讓你們忍受同樣的痛苦。」

「這麼說妳是特別偏愛我囉？」伯爵先生帶著微笑地說，試圖表現他的機智和幽默。

「你錯在不該批評我彈奏的音樂。這是我唯一對你好的地方。」

這位可憐的男子鐵定不敢再說一個字了。他對這位年輕女人投以苦苦求饒的眼光。

「妳呀，普郁冬絲，」她繼續說，「我請求妳做的事，妳都辦妥了？」

「是的。」

「很好，妳晚一點講給我聽。我們來聊聊天，在我沒有提之前，請你們務必不要離開。」

「我們想必很冒失，」於是我說，「現在我們，乾脆說是我，我已經獲得第二次認識妳的機會，好讓大家忘記那第一次，我們打算告退了，卡斯東跟我。」

「請不要走。我不是針對你們兩位說的。相反的，我想要你們留下來。」

伯爵拿出一個十分精緻的錶，並看了看時間：

「我該去俱樂部的時間到了，」他說。

瑪格麗特一點反應都沒有。

伯爵於是離開壁爐，並過來她旁邊說：

「再見，女士。」

瑪格麗特站起身來。

「再見，我親愛的伯爵，你已經要走了。」

「是的，我擔心會讓妳覺得煩。」

「你今天並沒有令我特別煩，跟平常都一樣。我們什麼時候還會看到你？」

「妳允許我的時候。」

「那就再見了！」

這眞是殘酷，你想必也會同意的。

伯爵幸虧受過很好的教育，並且有著極佳的性情。他很高興地親吻了瑪格麗特相當不情願伸出的手，並且在跟我們一一道別後離去。

就在他要出門的那一剎那，他看著普郁冬絲。

她聳聳肩膀，好像是要說：

「你還要怎麼樣，我能做的都做了。」

「娜婷！」瑪格麗特大喊，「幫伯爵先生點燈帶路。」

我們聽到大門開啓又關上的聲音。

「終於！」瑪格麗特又再度驚叫，「他走了。這個男人讓我神經緊繃得要命。」

「我親愛的小女生，」普郁冬絲說，「妳眞的對他太兇了，他對妳這麼好這麼體貼。妳看他又在妳的壁爐上留下一只錶，這起碼要花他五千銀幣，我跟妳保證。」

然後，都婉娜夫人走近壁爐，玩賞著她提到的珠寶，並頻頻投以欣羨的目光。

「親愛的，」瑪格麗特邊坐到鋼琴前面，邊說，「我若是將他給我的東西，以及他對我說的話拿來比較價値的話，我覺得我提供他來訪的代價太便宜了。」

「這個可憐的男子愛戀著妳。」

「如果我得要聽所有愛戀我的人說話，我就連吃晚飯的時間都沒有。」

然後她的手指在鋼琴上來回滑動，之後她轉身對我們說：

「你們想吃點東西嗎？我，我很想喝點雞尾酒。」

「我呀，我很想吃點雞肉。」普郁冬絲說，「我們要不要來點消夜？」

她按了鈴。娜婷出現了。

「去準備消夜。」

「要做什麼菜？」

「妳想做什麼就做什麼，但是要快，要快。」

娜婷出去了。

「就是嘛，」瑪格麗特跳起來說，「我們就要吃消夜了。那個笨伯爵眞是煩透了。」

我越看這個女人，她就越討我喜歡。她美得令人愉悅。她的苗條身材也令人賞心悅目。

我陷入沉思。

我很難說清楚，在我內心所產生的影響。我很能夠體諒她的生活方式，更欣賞她的美麗。她拒絕接受這麼一位年輕、優雅又富有，準備爲她傾家蕩產的男人，這件事在我看來，是因爲她有著慈悲心，不忍見他墮落，我便能原諒她方才的過錯。

在這個女人身上，仍舊有著赤子之心。

我們看見她依然有著出汙泥而不染的純潔。她堅定的步伐、她柔軟的腰身、她粉紅而敞開的鼻孔、她大而略帶有藍眼圈的眼睛，代表了她內心存在著一股熱情的本質，這使得她全身自然散發了一股強勁的魅力，好像東方香水的瓶子，雖然緊緊關了起來，仍然散發出瓶中久藏的香水味道。

最後，或者由於自然天成，或者因爲她生病的緣故，偶爾在這個女人的眼中，透露出她想要做愛的渴望，那麼爲她所愛的人該會有多麼幸福。但是愛過瑪格麗特的人已經數不清了，而她所愛過的人則尚未計數過。

總之，我們在這位少女身上仍舊找得到毫不受妓女生涯影響的純眞，而且這份純眞是最富熱情也最潔淨的。在瑪格麗特心裡仍然存有一股驕傲和獨立的精神：這兩種情操，一旦被傷害，也能夠讓她激發起羞恥心。我一言不發，我的靈魂似乎將一切感受傳至我的心，再由我的心到我的雙眼。

「這麼說，」她突然又說，「是你在我生病時來打聽我的消息的？」

「是的。」

「你知道嗎，這麼做眞窩心，我不知要如何感謝你？」

「請允許我偶爾過來看看妳。」

「只要你喜歡，下午五點到六點，晚上十一點至午夜。對了，卡斯東，請爲我彈奏〈華爾滋邀請曲〉。」

「爲什麼？」

「首先是令我開懷一下，其次是因爲我自己彈不來。」

「是哪裡困擾妳？」

「是第三部分，要升半音的那一小節。」

卡斯東站起來，坐到鋼琴前面，並開始彈奏譜架上敞開的這段韋伯優美的樂章。

瑪格麗特，一手撐在鋼琴上，注視著樂譜，以很小的嗓音伴隨著眼睛，唱出每個音符，而當卡斯東彈到她跟他提到的小節，她一邊以手指在琴背輕彈，一邊唱出音名：

「RE, MI, RE, DO, RE, FA, MI, RE, 這就是我彈不來的地方。再來一遍。」

卡斯東又重彈一遍，之後瑪格麗特對他說：

「現在讓我來彈。」

輪到她坐下來彈了；但是她不聽話的手指老是在我們才剛提到的地方，彈錯其中一個音符。

「是不是很不可思議，」她以一種很孩子氣的聲調說，「我就是彈不來這段樂章。信不信，直到凌晨兩點我還彈不好這一小節！而每當我想到這個笨伯爵，他沒有學過音樂也能彈奏得那麼好，我想，我就是因爲這樣生他的氣。」

於是她又重彈一遍，老是遇到同樣的結果。

「是惡魔扼殺了韋伯、音樂和鋼琴！」她說著並將琴譜丟往房間的另一頭；「相信嗎，我竟然沒辦法連續彈八個升半音。」

然後，她雙手交叉看著我們並且跺腳。

血液冒上她的臉頰，一聲輕微的咳嗽半啓了她的唇。

「啊喲，啊喲，」普郁冬絲邊說，邊脫掉她的帽子並在鏡子前順了順她的劉海，「妳怎麼還在生氣，這對妳的健康不好，吃消夜去吧，這樣會好一點；我呀，我餓死了。」

瑪格麗特又按了一次鈴聲，然後她坐回鋼琴前面並開始以中等的音量唱出一首色情歌，她的鋼琴伴奏則流暢多了。

卡斯東會唱這首歌，因此他們便來了個二重唱。

「快不要唱這種粗俗的曲子了，」我以親暱而帶了請求的語調對瑪格麗特說。

「喔！你這麼純潔！」她微笑地對我說並向我伸出了手。

「這不是爲了我好，是爲了妳好。」

瑪格麗特做了個手勢，好像是想說：「喔！我呀，我很久以前就失去純潔了。」

這時候，娜婷出現了。

「消夜準備好了嗎？」瑪格麗特問。

「是的，女士，馬上就好。」

「對了，」普郁冬絲對我說，「你沒參觀過公寓。來，我帶你去看。」

你知道的，客廳眞是壯觀極了。

瑪格麗特陪伴我們參觀了一下，然後她叫了卡斯東並跟他進到飯廳去看消夜好了沒有。

「來，」普郁冬絲看著一個精品櫃，並拿起一個薩克斯瓷器，大聲地說，「我不知道妳有這個小瓷娃娃！」

「哪一個？」

「一個小牧羊人提著一個鳥籠和一隻鳥。」

「妳喜歡就拿去吧。」

「啊！但是我怕剝奪了妳的所愛。」

「我本來想給我的女傭，我覺得它很恐怖。不過既然妳喜歡，就拿去吧。」

普郁冬絲只注意她的禮物而忽略了該有的禮儀。她將她的瓷娃娃收好，然後帶我到浴室，在裡頭我看到垂掛了兩幅精細畫，她跟我說：

「G伯爵曾經非常愛戀瑪格麗特；就是他讓瑪格麗特變成有名的。你認識他嗎？」

「不認識。那這幅呢？」我指著另一幅畫問。

「這是可愛的L子爵送的，他是被迫離開的。」

「爲什麼？」

「因爲他差不多耗盡家產。這是瑪格麗特所愛過的人。」

「想必她很愛他？」

「這個女孩眞有趣，我們從來不了解她在意什麼。他離開的那天晚上，她人在劇院，跟平常一樣，但是當她走出劇院時便哭了。」

這時候，娜婷出現了，跟我們宣布說消夜已經好了。

當我們進到飯廳時，瑪格麗特正靠著牆，卡斯東，正拉著她的手，跟她很小聲地說話。

「你瘋了，」瑪格麗特回答他，「你很清楚我不要跟你在一起。跟像我這樣的女人不需要花整整兩年的時間問她願不願意當你的情人。我們若不是馬上接受就是永遠不會接受。走吧，先生們，用餐吧。」

然後，掙脫了卡斯東的手，瑪格麗特讓他坐在她右邊，我則坐在她左邊，之後她對娜婷說：

「在妳就坐之前，請交代廚房，如果有人按門鈴不要開門。」

她交代這句話時，是凌晨一點。

我們談笑，喝酒，我們吃了不少消夜。

到了最後幾刻，歡樂也即將接近尾聲，有一種人自覺得有趣的字眼，在他偶爾說出這些話時，老是髒汙了他自己的嘴，卻引起了娜婷、普郁冬絲和瑪格麗特的讚賞。卡斯東顯然很盡興；這個男子心很好，就是常常會得意忘形。有一段時間，我很想喝個酩酊大醉，讓我的心和我的思緒對眼前所見麻木不仁，並且將這股歡樂當作一道菜餚吃下肚裡；但是，逐漸地，我孤立於這片嘈雜聲中，我的酒杯仍舊是滿的，我看著這位二十年華的美麗佳人狂飲，說話像個擴音器，大家說得越不堪入耳她笑得越大聲，我竟然覺得有些悲傷。

不過，這股歡樂，這種說話和喝酒的方式，在我看來，對其他幾位賓客而言，是極盡感官享樂、習性或活力旺盛的結果，我認爲瑪格麗特的情況則是因爲想要遺忘，因爲發燒，因爲她的神經易怒的關係。每喝一杯香檳酒，她的雙頰便通紅發熱，咳嗽聲從消夜開始時的輕微，轉變成長而用力，令她不得不將頭靠在椅背上，並且每咳嗽一回就要以雙手壓著胸口。

想到這麼脆弱的身子天天都要這樣消耗，令我感到痛苦不堪。

最後，我預測和擔憂的事情終於發生了。消夜快要結束時，瑪格麗特又咳嗽了，這一回比方才我聽到的咳嗽聲都要來得嚴重。在我聽來，她的胸腔內部好像已經撕裂了。這可憐的女子滿臉漲紅，痛楚地閉上眼睛並以雙唇咬住餐巾，餐巾被一滴血滲紅了。於是她起身，並跑進浴室。

「瑪格麗特怎麼了？」卡斯頓問。

「她笑得太用力，咳出血來了，」普郁冬絲說，「喔！沒事的，她每天都是這樣。她待會兒就回來了。讓她一個人靜一靜，她比較喜歡這樣。」

至於我，我沒有耐心等，不顧普郁冬絲和娜嫜激動地喊我，我逕自去找瑪格麗特。

第十章

在她避難的房間，只有桌上一枝蠟燭的亮光。她衣衫凌亂，癱軟在沙發裡，雙手捧心。桌面一只銀碗盛有五分水，水裡布有血絲，看上去恍如大理石石紋。瑪格麗特面色蒼白，嘴唇半啓，呼吸困難。有時候，她在鼓起胸膛吐了一口長氣之後，顯得舒緩一些，而享有片刻的幸福。我倚身向她，她毫無動靜，我握著她垂放在沙發上的手並坐了下來。

「啊，是你！」她微笑地對我說。

顯然我面露沮喪之色，因爲她又說：

「你也生病了嗎？」

「沒有，倒是妳，妳又不舒服了嗎？」

「有一點，」她以手帕拭去因咳嗽咳出的眼淚，「我已經習慣了。」

「妳這樣等於是自殺嘛！」我帶著激動的口吻，「我要做妳的朋友，妳的父母，保護妳免於如此受苦。」

「啊，你眞的沒有必要驚慌，」她苦著說，「如果讓其他人來照顧我，他們也會束手無策。」

她說完起身，將燭火置於壁爐上，並端視著鏡子。

「我好蒼白！」一邊重整衣衫，以手指撩撥凌亂的髮絲，「啊！我們吃消夜去，你來不來？」

然而我卻依舊坐著，動也不動。

她知道我因她的處境而傷感，因而靠近我，拉起我的手，說：「來吧，我們走。」

我握住她的手，並以雙唇吻著，她的手因我一直滴落的淚水而濕潤了。

「咦，你像個孩子！」她又靠著我坐下來，「你竟然哭了，怎麼了？」

「在妳看來，我顯得很笨。不過，剛才看妳受罪的模樣令我難過極了。」

「你人眞好！你想做什麼？我睡不著，只好自尋樂子，像我這樣的女子，多一個少一個沒啥影響，多少醫生跟我說我是胸腔吐血；我相信他們說的，因爲也只能這樣了。」

「聽我說，瑪格麗特，」我情不自禁地說，「我不知道妳對我的生命會有何影響，此刻我只明白，我對妳的關心超過對任何人，勝於對我的妹妹，自我見了妳之後，我就已如此傾心。看在老天的分上，好好照顧自己，不要再這樣過日子了。」

「如果我照顧自己，就只有等死了。就是這般熱鬧的生活在支撐著我。再說，照顧自己，只適用於有家有朋友的女人，對我們這樣的女子，一旦不再提供虛華和歡愛，情人們就會棄我們而去，然後就是長夜漫漫。我很清楚，我曾經臥病兩個月，最後三個禮拜，已經沒人來看我了。」

「我確實與妳無親無故，」我又說，「但如果妳願意，我會像哥哥一樣照顧妳，我不會離開妳，我要想法子醫好妳的病。等妳元氣恢復之後，妳可以再過這樣的日子，那時候妳的氣色也會好看些；但是我確定，妳會比較喜愛寧靜的生活，那會讓妳更快樂。」

「你今晚會這麼想，是因爲你喝了點酒，否則你不會有這種勇氣。」

「請容我告訴妳，瑪格麗特，在妳生病的兩個月以來，我每天都來探聽妳的消息。」

「這倒是眞的；但是你爲何不上來呢？」

「因爲那時我還不認識妳呢。」

「跟我這般女子，還用這麼客套嗎？」

「對女士就應該這麼有禮，至少我這麼認爲。」

「因此，你打算照顧我囉？」

「是的。」

「你會一直跟在我身邊？」

「是的。」

「即使夜晚也是？」

「只要妳不嫌我煩，我會一直跟著。」

「你怎樣稱呼這種關係？」

「是一種效忠。」

「忠心從何而來？」

「來自我對妳不可抑止的同情。」

「如此說來，你愛上我了？請快說，這樣簡單些。」

「有可能，但是我改天說，不要今天。」

「你最好都別說。」

「爲什麼？」

「因爲自白只會有兩種結果。」

「什麼結果？」

「不是我不接受你，而你仍不死心；就是我接受了，而你有個悲傷的情婦。一個神經質、病弱、傷感的女人，即使歡笑也帶著比惆悵更甚的哀傷，一個每年花費十萬法郎、咳血的女人，這對老公爵這等富翁還合適，對像你這樣的年輕男人就無趣多了，從前我有過的年輕情人都早已棄我而去，足可證明。」

我沒有答腔，只是傾聽。這種近似自白的坦承，這種金帳玉幔下的痛苦生涯，以及她藉此糜爛生活逃離現實的景象，使我感觸很深，一時之間竟然什麼話都說不出來。

「走吧，」瑪格麗特繼續說，「我們在說孩子氣的話。拉我起來，然後我們回到飯廳去。我們都一起消失了，不知道別人會怎麼想。」

「如果妳好一點了，我回去吧，但我請求妳允許我留在這裡。」

「爲什麼？」

「因爲妳的苦中作樂令我太難受了。」

「那麼，我悲傷好了。」

「來，瑪格麗特，讓我告訴妳一件大家想必經常跟妳說的事，也許妳習於聽說而不相信，不過這是千眞萬確的事，而且我也不會再說第二遍。」

「是？」她帶著微笑地說，神情很像年輕媽媽傾聽孩子的童言稚語時所流露出來的一樣。

「就是自從我見到妳以後，我不知道如何也不知道爲什麼，妳在我生命中已佔有一席之地，儘管我如何想驅趕妳在我心中的影像，它還是又回來了，經過兩年沒見到妳，今天我與妳重逢，妳在我內心和我靈魂裡的影響力更加強烈了，現在妳終於接受我了，我了解妳了，我知道這些話在妳聽來可能覺得有點怪，但是妳確實已成爲我生命裡不可或缺的部分，如果妳不愛我，或者妳不讓我愛妳，兩者都會讓我發瘋。」

「但是，你不會幸福的，我要跟你重複都婉娜夫人說過的話：你要有錢才行！你恐怕不知道我每個月要花費六、七千法郎，而這項開銷已經成爲我生活中不可或缺的了；但是，你恐怕不知道，我可憐的朋友，我很快就會耗盡你的所有，而你的家人也會禁止你跟我這樣的女人往來。好好愛我，像一個好朋友，但是不要有別的想法。來看看我，我們說說笑、聊聊天，但是不要高估了我的價值，因爲我不值得你這樣。你有一副好心腸，你需要被愛，生活在我們的這種世界裡，你算是太年輕也太敏感了。找個可以跟你結婚的女人。你看我是個好女孩，跟你都是坦白地說。」

「啊呀！你們在這裡做什麼勾當？」普郁冬絲進來時我們都沒有察覺，她尖叫著說，她出現在臥房的門檻，散亂著一邊的頭髮，洋裝敞開。在她衣衫不整之中我認出一隻卡斯東的手。

「我們在談正經事，」瑪格麗特說，「讓我們清靜一下，我們過一會兒就去找你們。」

「好，好，聊天吧，我的孩子們。」普郁冬絲說著走了出去，並且好像爲了特別強調她說這些話時的聲調，她還把門關上。

「所以，我們就這麼說定，」當我們獨處時，瑪格麗特又說，「你不要再愛我了。」

「那我要離開了。」

「有到這種地步嗎？」

我沒有後路可退了，再加上這個少女也攪亂了我的心情。這個摻雜了歡樂、悲傷、天眞、色情，還有疾病於一身的混合體，令她特別敏感，就好像她容易發怒一般，這一切全都讓我明瞭，打從第一次開始，如果我不掌握她這個容易遺忘、隨意的個性，我就會失去她。

「瞧，所以你說的是認眞的！」她說。

「非常認眞。」

「但是爲什麼不早一點跟我說？」

「我有什麼機會跟妳說？」

「在你跟我在喜劇院碰面後的第二天。」

「我以爲那時我若來看妳，妳應該不會樂意接待我的。」
「爲什麼？」
「因爲前一天晚上我表現得太蠢了。」
「這倒是有道理。但是那個時候你卻已經愛上我了。」
「是的。」
「但這並沒有影響你在看過表演之後平靜地躺臥休息和睡眠。這就是我們知道的偉大愛情啊。」
「那麼妳就猜錯了。妳知道我在喜劇院的那天晚上做什麼嗎？」
「不知道。」
「我在英格蘭咖啡廳的門口等妳。我尾隨著來接你們回家的馬車，妳跟妳的三個朋友，當我看到妳單獨下車並獨自回家時，我非常高興。」
瑪格麗特哈哈大笑。
「妳笑什麼？」
「沒什麼。」
「告訴我，求求妳，否則我又會認爲妳在取笑我。」

「你不會生氣吧？」

「我為什麼應該生氣呢？」

「好，我單獨回家有一個好理由。」

「是什麼？」

「有人在這裡等我。」

她像是刺了我一刀，沒有比這更令我難受的了。我站起來，握了她的手：

「再見，」我說。

「我就知道你一定會生氣，」她說，「男人總是有強悍的意志力想知道令他們傷心的事。」

「但是我跟妳保證，」我以一種冷漠的語調說，「就好像我一直想證明我從來無法治癒我的激情，我跟妳保證我沒有生氣。有人在這裡等妳是很自然的，就像我在凌晨三點要離開也是很自然的。」

「你是不是也有人在家等你呢？」

「沒有，但是我得走了。」

「那麼，再見了。」

「妳會再看到我的。」

「不會的。」

「爲什麼妳要讓我這麼痛苦？」

「我做了什麼讓你痛苦了？」

「妳告訴我有人在這裡等妳。」

「聽到你竟然爲了看到我單獨回家而這麼高興，我禁不住想笑，但萬一有一個這麼好的理由讓我這麼做呢。」

「我們常常會編造這種幼稚的快樂，只要它存在一天，每一想起就能得到莫大的安慰，摧毀這樣的快樂是很殘酷的。」

「所以你認爲現在跟你說話的對象是誰？我既不是處女也並非女公爵。我只有從今天起比較認識你，我沒有必要跟你交代我所有的行蹤。假設有一天我眞的成了你的情婦，你得要清楚地知道我過去有過別的情人。如果在此之前你就已經在吃醋，那以後該怎麼辦，萬一眞有這個以後呢！我從來沒有看過像你這樣的男人。」

「那是因爲從來沒有人像我這麼愛妳。」

「看來，很明顯地，你眞的很愛我。」

「是盡我一切的可能來愛，我想。」

「這是從什麼時候開始的？」

「自從那天我看到妳從馬車上下來，走進許斯的名店，已經有三年了。」

「你知道這很浪漫嗎？那麼，我應該做什麼來回應這個偉大的愛情呢？」

「應該愛我一點，」我說這句話的時候心頭撼動，令我差一點說不出話來；因爲，她在跟我交談時雖然一直帶著半嘲諷的微笑，但是我認爲瑪格麗特已經開始分擔我的困擾，我已經快靠近我等待了這麼久的時刻了。

「那麼，公爵怎麼辦？」

「哪一位公爵？」

「我那位善妒的老公爵。」

「他不會知道的。」

「那如果他知道了呢？」

「他會原諒妳的。」

「不會的！他會離棄我，然後我不知道我會變成什麼樣子？」

「妳現在就已經在冒這種被遺棄的風險了。」

「你怎麼知道的？」

「我從妳交代今天晚上不讓任何人進來就知道了。」

「這倒是眞的；不過那是個重要的朋友。」

「妳根本一點都不在乎他，因爲妳在他會來的時間不讓他進門。」

「不應該是由你來教訓我，因爲我是爲了接待你們，你和你的朋友。」

我慢慢地靠近瑪格麗特，我將雙手環抱她的腰，而我覺得她柔軟的身體輕輕地靠在我交叉的臂膀上。

「妳知道我有多愛妳！」我小聲地對她說。

「是眞的？」

「我對妳發誓。」

「那麼，如果你答應我爲我盡一切義務而不說一個字，不要監視我，不問我問題，我也許會愛你。」

「全依妳的！」

「但是我先要警告你，我想自由自在地做我想做的，而不用跟你交代生活的細節。長久以來，我一直在找一個年輕的情人，沒有企圖心，愛我而不懷疑我，被愛而不談權利。我一直都找不到這樣的情人。男人對於一旦到手的愛情都會覺得不滿足，哪怕這是他們企盼了很久的，他們會要求情人交代現在、過去，甚至未來的一切。一旦他們已經習慣了她，他們就會想掌控她，而且他們越得到想要的就會變得越頤指氣使。如果我現在決定接納一個新情人，我要他具備三項很罕見的優點，他要能信賴、臣服以及謹慎。」

「那麼，我正是妳要的人。」

「我們再看看吧。」

「我們什麼時候再看？」

「過些時候。」

「爲什麼？」

「因爲，」瑪格麗特說著掙脫我的臂膀，並且在早晨送到的一大捧紅色茶花花束中拿出一朵，塞入我衣服的鈕釦洞裡，「因爲在兩國簽署協定的當天，通常不見得就要履行約定。」

這很容易理解。

「那我什麼時候再見到妳？」我將她緊緊擁入懷裡，說。

「在茶花改變顏色的時候。」

「那茶花什麼時候換顏色？」

「明天，從十一點到午夜。你高興嗎？」

「妳是在問我？」

「絕不能透露半個字，對你的朋友，對普郁多絲，對任何人都不行。」

「我答應妳。」

「現在，吻我，然後我們回到飯廳。」

她將雙唇湊近我，之後重新順了順她的頭髮，我們走出這個房間，她唱著歌，我則陶醉了。

到了客廳她停下腳步，低聲地對我說：

「對你來說可能會覺得奇怪，我好像早已準備好要這麼快地接受你；你知道爲什麼會這樣嗎？」

「這是因爲，」她接著說，一邊牽著我的手並將我的手放在她的心上，我能感覺到她一陣一陣急促的心跳聲。「是因爲，既然無法跟一般人一樣長壽，我寧願更早死去。」

「請不要再說這樣的話，我求求妳。」

「喔！你放心，」她繼續微笑地說，「假若我活得不久的話，恐怕我還沒死你就不會愛我了。」

然後唱著歌走進飯廳。

「娜婷呢？」她看到只剩下卡斯東和普郁冬絲兩個人。

「她睡在妳的臥房，等著侍候妳就寢，」普郁冬絲回答。

「這個可憐鬼！我要宰了她！走吧，先生們，可以回家了，很晚了。」

十分鐘之後，卡斯東跟我，我們離開了。瑪格麗特握著我的手跟我說再見，然後跟普郁冬絲留下來。

「唉，」在我們到了外面之後，我問卡斯東，「你覺得瑪格麗特怎麼樣？」

「她是個天使，我為她瘋狂。」

「我想也是。你跟她表示了嗎？」

「是的。」

「她承諾相信你嗎？」

「沒有。」

「跟普郁冬絲不一樣。」

「她同意接受你嗎？」

「她已經盡力了，親愛的！很難相信，她還很來勁呢，這個豐滿的都婉娜！」

第十一章

故事說到這裡，亞蒙停頓了下來。

「請你關上窗子好嗎？」他對我說，「我開始有點冷。到這個時間，我得睡覺了。」

我關上了窗子。亞蒙，他還是很脆弱，更衣之後便就寢了，在床上有一小段時間他將頭靠在枕頭上，神情像是長途歸來或是因痛苦的回憶而顯得疲憊不堪。

「你可能說了太多話，」我對他說，「要不要我回去，然後讓你睡覺？改天你再跟我講完這故事。」

「是不是故事讓你覺得無聊？」

「剛好相反。」

「那麼我準備繼續說；如果你丟下我一個人，我也睡不著。」

當我回到家之後，根本不需要集中精神刻意去想，所有這些細節又再度湧現在腦海，我睡不著，我一直在回顧這一天的經歷。從相逢，見面問好，到跟瑪格麗特面對面的互相承諾，全都發生得那麼快，那麼出人意表，有一段時間我以為是在做夢。但是，像瑪格麗特這樣的少女在第二天就要將自己託付給向她請求的男人，並非第一次。

我雖然做這樣的反省，我未來情人的形象是如此強烈，她始終佔據我的心頭，我沒辦法想別的。我依然固執地不去看她身上與其他女人相似的地方，帶著所有男人皆有的虛榮心，我已差不多以為她愛我像我愛她一樣強烈。

不過，我親眼見過幾個相反的例子，而我經常聽說瑪格麗特的愛情差不多和季節性食物一樣稀有，要看季節而定。

但是，從另一方面來看，我們也耳聞她幾次三番的拒絕我們在她家見到的年輕伯爵，這又怎麼說呢？你會跟我說是因為她不喜歡他，因為她被公爵奢華地包養，如果一定要另外找個情人的話，她比較喜歡找一個能夠贏得她歡心的男人。那麼，為什麼她拒絕迷人、有靈氣、富有的卡斯東，而她又怎麼會選我，如果我們第一次見面她就覺得我很荒謬的話？

確實在這一分鐘中掠過我心頭的事，要比一整年來得多。

在吃消夜的人之中，我是唯一看到她離開飯桌而為她擔心的人。我跟隨著她，我激動地恨不得能保護她。我在親吻她的手時哭了。這個情況，再加上她過去生病的兩個月內，我天天去打聽她的病情，這令她在我身上看到其他男人做不到的地方，也許她自認爲她適合以這種方式表達的愛情，也有過幾次這樣的經驗，而其實這種愛情對她已經沒有影響了。

所有這些假設，如你所知，有可能是眞的；且不管她承諾我的原因爲何，有一件事是千眞萬確的，那就是她已經允諾我了。

再說，我一直愛戀著瑪格麗特，我即將擁有她了，我無法向她再多所要求了。但是，我要跟你重複一遍，雖然她是一個被包養的女人，可能我將她理想化了，我眞的對這份愛情一點期待也不敢有，跟她約會的時間越靠近，按理說我甚至不再需要有期待，我卻越懷疑和不安。

我整晚都沒有闔過眼。

我自己都不認得自己了。我已經半瘋了。我一會兒覺得自己不夠帥，不夠有錢，不夠優雅來擁有這樣一個女人，一會兒又以能擁有她而內心虛榮不已。於是我又開始擔心瑪格麗特對我好只會是幾天而已，然後，像已預見乍然分手後的痛苦一般，我告訴自己，晚上不要去她家，然後寫信告訴她我擔心的事就離開。此後，我經歷了無休止的期望，以及無邊無際的信心。我做了許多不可思議關於未來的夢；我告訴自己，這個少女應該會因我而得到身體跟道德的解脫，我會跟她共度一生，而且她的愛情會比最純眞的愛情更令我幸福。

最後，我無法跟你重複幾千種從我的心湧入我的大腦的想法，然後它們逐漸在白天降服了我的睡眠中，一一停頓了下來。

當我醒過來時，已經下午兩點了。天氣出奇地好。我想不起來生命中還有比這更美更豐富的時候。前一個夜晚的回憶充滿我的靈魂，沒有陰影，沒有阻礙，並且愉悅地伴隨著這一夜的期待。我匆匆更衣。我很高興並能夠遇見最好的事情。偶爾我的心因滿載喜悅和愛情而差一點跳出我的胸腔。我的身體微微發燒。我再也不會為我入睡前縈迴在我心裡的理由擔心了。我只看見結果，我只想著我能再見到瑪格麗特的時刻。

我無法待在家裡。我的房間顯然太小，無法盛裝我的喜悅；我需要整個大自然來解放自己。

我走出門外。

我經過翁棠街。瑪格麗特的車已在她家門外等著；我朝向香榭里舍大道的方向走去。我喜歡所有我一路碰到的人，雖然我並不認識他們。

因為愛情令一切變得美好！

過了一個鐘頭，我從瑪利之馬雕像散步到圓形廣場，然後又從圓形廣場散步到瑪利之馬雕像，我自遠處望見瑪格麗特的座車；我其實認不出來，我全憑猜的。

在到了香榭里舍大道轉彎的地方，她停了下來，一位高大的年輕人從跟他正在聊天的一群人中走了出來，爲了能跟她說幾句話。

他們聊了一下。年輕男人又回到他朋友堆裡，馬車又上路了，我，我走近那群人，我認出他們當中跟瑪格麗特交談的那個人，就是普郁冬絲跟我指出的G伯爵，瑪格麗特是因爲他才有今天的社會地位。

也是因爲他，前一天晚上，她交代不准開門；我猜想她停下馬車是爲了向他解釋關門的理由，我希望她同時也找到這個晚上不能見他的藉口。

這一天的其他時間是怎麼過的，我已經沒有印象了。我走路、抽菸、聊天，但是我說了什麼，遇到了哪些人，到了晚上十點時，我已經毫無記憶。

我所能記得的是，我回到了家，花了三個小時在浴室，而且我看了上百次的鐘和錶，不幸的是，它們是一樣的慢。

當鐘響十點半時，我告訴自己可以動身了。

這段時間我住在普羅旺斯街：我沿著白朗峰街，穿過大馬路，接著走路易街、波特馬虹街，然後到了翁棠街。我看著瑪格麗特的窗戶。

裡面有燈光。

我按了門鈴。

我問門房苟蒂耶小姐是否在家。

他回答我說，她從來不會在十一點或十一點一刻之前回到家。

我看了一下手錶。

我以爲我是慢慢走來的，其實我從普羅旺斯街到瑪格麗特家只花了五分鐘。

於是，我就在這條原本就沒有商店的街道散步，此時入夜了更是一片荒涼。

過了半個小時，瑪格麗特到家了。她從座車走下來時四處張望，好像是在找人。

車子又離開了，因爲馬廏跟儲藏室都不在這棟房子裡。就在瑪格麗特準備按門鈴的時候，我走近她並對她說：

「晚安。」

「啊！是你？」她因爲找到我而高興，帶著擔心的口氣對我說。

「妳不是允許我今天過來看妳嗎？」

「沒錯。我竟然忘了。」

這個忘字，攪亂了我早晨的思維，以及我一整天的期待。不過，我讓自己開始習慣這些方式，並且不離開，要是以前我顯然就會這麼做。

我們進了大門。

娜婷已先將裡面的門打開了。

「普郁冬絲回家了嗎？」瑪格麗特問。

「沒有，女士。」

「告訴她一回家就馬上過來。之前，關掉客廳的燈，如果有人過來，請回答說我還沒有回家，而且今晚也不會回家了。」

一個女人這麼專注一件事眞好，不過她也可能正爲不速之客而煩透了。我不知道該有什麼態度該說什麼。瑪格麗特朝她臥房的方向走去。我站在原地不動。

「來啊，」她對我說。

她脫掉了帽子，天鵝絨的外套，並全丟往床上，然後倒在大沙發裡，在爐火邊，她好像置身於初夏一般，並且一邊把玩手錶上的鍊子，一邊對我說：

「來，你有什麼新鮮事要對我說？」

「沒什麼，除了我今晚來錯了以外。」

「爲什麼？」

「因爲妳看起來好像並不開心。想必我令妳厭煩。」

「你並沒有令我厭煩。我只是生病了，我整天都很難受，我睡不著，頭痛欲裂。」

「妳要不要我離開，妳好上床休息？」

「喔！你可以留下來，如果我睏了，我會在你面前睡覺。」

這時候，有人按門鈴。

「又是誰來了？」她略微不耐煩地說。

過了一下，門鈴又響了。

「可是沒人開門，我得自己去開。」

於是，她起身對我說：

「在這裡等我。」

她穿過整個房子，我聽到大門打開了。我傾聽著。

她開門讓他進來的人停在飯廳。說了幾個字以後，我認出來是年輕N伯爵的聲音。

「妳今晚好嗎？」他說。

「不好。」瑪格麗特冷淡地說。

「我是否打擾妳了？」

「有可能。」

「妳怎麼這樣接待我！我做了什麼得罪妳了，我親愛的瑪格麗特？」

「我親愛的朋友，你沒有得罪我。我生病了，我得要睡覺了，所以你若能離開的話我會很開心。我每晚一回家五分鐘就會看到你出現，令我好煩。你想做什麼？我是你的情婦嗎？好了，我已經告訴你上百次『不要』，你把我煩透了，你大可到別處去找更適合的女人。我今天再跟你最後重複一次：我不要你，就這樣說定了。再見。剛好，娜婷回來了。她會幫你點燈帶路。晚安。」

然後不再多說一個字，也不再聽這位年輕男人吞吞吐吐要說的話，瑪格麗特逕自回到她的臥房並猛力地將門關上，關門的瞬間，娜婷正好也進了臥房。

「妳給我聽好，」瑪格麗特對她說，「妳每次要對這個笨傢伙說我不在家或者我不想見他。老是不斷地有人來要求我同樣的事，他們爲我花錢就以爲跟我有了協定，到最後，我已經疲憊不堪。如果那些幹我們這一羞恥行業的人一開始就知道是這麼回事的話，她們寧可當個家庭主婦。但開始時並不是這樣。是想擁有洋裝、馬車、鑽石的虛榮心一路將我們帶到這裡。我們相信人們跟我們說的，因爲妓女也有她相信的事，之後，我們逐漸地損毀了自己的心、身體，和美麗。我們被看成可怕的猛獸，被當作十惡不赦的人而被瞧不起，環繞在我們四周的人對我們總是索求多於給予，於是我們終有一天會像條狗一樣死去，最後不但失去所有也失去了自我。」

「女士，請妳冷靜下來，」娜婷說，「今晚妳又神經緊繃、容易動怒了。」

「這件洋裝令我不自在，」瑪格麗特一邊解掉胸罩上的環釦，一邊又說，「給我一件浴袍。對了，普郁冬絲呢？」

「她還沒有回到家，不過她一到我就會請她過來。」

「瞧，又是一個活例子，」瑪格麗特一邊脫掉洋裝，穿上白浴袍，一邊繼續說，「又是一個，她需要我的時候知道來找我，卻不能好心地幫我一個忙。她知道我今晚就等這個答覆，我一定得等到這個答覆，我很擔心，我確定她一定不管我的事逕自開溜去了。」

「也許她被什麼事情絆住了。」

「請幫我們準備雞尾酒。」

「妳又會喝壞身體的，」娜婷說。

「這樣最好。也幫我準備水果、肉醬或雞翅膀，馬上就可以吃的東西，我餓了。」

不必跟你說這一幕所給我的印象；你就可以猜得到，不是嗎？

「你跟我一起吃消夜，」她對我說，「等待的時間你可以看書，我要先去一下浴室。」

她點亮了燭台上的蠟燭，打開一扇床邊的門然後消失了。

至於我，我則思索著這個女子的一生，我的愛情裡增添了憐憫。

我在這個臥房裡踱著大方步，一邊沉思，這時普郁冬絲進來了。

「唉，你怎會在這裡？」她問我，「瑪格麗特去哪裡了？」

「在浴室裡。」

「我等她。對了，她覺得你很迷人。你知道嗎？」

「不知道。」

「她都沒有跟你說起？」

「完全沒有。」

「你怎麼會在這裡呢？」

「我是來拜訪她。」

「在午夜？」

「爲什麼不行？」

「愛說笑！」

「她依舊沒有好好接待我。」

「她會熱情接待你的。」

「妳這麼認爲嗎？」

「我有一個好消息告訴她。」

「應該很好吧。所以，她跟妳提到我了？」

「昨天晚上，或者說是今天凌晨，在你和你的朋友離開的時候……對了，你的朋友好嗎？是卡斯東什麼的，我想，我們是這樣叫他的？」

「是的，」我一想起卡斯東跟我提過一個他和普郁冬絲的祕密，然後看到普郁冬絲連他的姓都想不起來，我就不由自主地微笑起來。

「這個年輕男子人很好。他是做什麼的？」

「他每月固定有兩萬五千法郎的利息收入。」

「啊！眞的！對了，話說回來你身上，瑪格麗特向我問起你的事情。她問我你是怎麼樣的人，你做什麼，有過什麼樣的情人？總之是人們常會問到像你這種年紀的男人的問題。我告訴她所有我知道的事，並且強調你是個有魅力的男子，就是這樣。」

「我要向妳致謝。現在，告訴我，她昨天交付妳什麼任務。」

「沒什麼特別。就是爲了打發伯爵走，但是她今天又交代我另一個任務，今晚我就是來回覆她結果的。」

這時候，瑪格麗特從浴室走出來，特別在頭髮上裝飾了一頂綴有許多緞帶的睡帽，一般稱之爲白菜。

她是如此地開心。

她的赤腳穿著一雙絲棉的拖鞋，而且腳趾甲也擦了指甲油。

「對了，」她一見到普郁多絲便說，「妳見過公爵了嗎？」

「沒錯！」

「他跟妳說了什麼？」

「他拿給我了。」

「多少？」

「六千。」

「妳拿到了？」

「是的。」

「他看起來有沒有不高興？」

「沒有。」

「可憐的男人！」

「這個可憐的男人！」以一種沒辦法形容的語調說。瑪格麗特收下了六張一千塊法郎的紙鈔。

「這些錢正好可以救急，」她說，「我親愛的普郁冬絲，妳需要用錢嗎？」

「妳是知道的，我的孩子，過兩天就十五號了，如果妳能借我三或四百法郎，就等於幫我一個大忙。」

「明天早上過來拿，現在太晚了沒辦法換錢。」

「不要忘了。」

「妳放心。要跟我們一起吃消夜嗎？」

「不了，查爾在我家等我呢。」

「妳不是一直都爲他著迷嗎？」

「我爲他瘋狂，親愛的！明兒見。再見，亞蒙。」

都婉娜夫人離開了。

瑪格麗特打開櫃子，將這些錢丟了進去。

「請允許我躺一下！」她微笑地說，並朝她的床走去。

「我不僅允許，我還恨不得請求妳躺一下呢。」

她將床罩掀至床尾，然後躺下來。

「現在，」她說，「坐到我旁邊，我們聊聊。」

普郁冬絲說得對：她帶給瑪格麗特的回覆讓她很開心。

「你能原諒我今晚的壞脾氣？」她拉著我的手說。

「妳做什麼我都會原諒妳。」

「那麼你愛我囉？」

「到了瘋狂的地步。」

「即使我的壞脾氣？」

「不管什麼。」

「你敢對我發誓！」

「是的。」我輕聲地對她說。

這時娜婷端了盤子走進來，一塊冷雞肉，一瓶葡萄酒，一些草莓和兩塊餐巾。

「我沒有幫妳做雞尾酒，」娜婷說，「葡萄酒對妳比較好。不是嗎，先生？」

「當然，」我回答，我還在為剛才瑪格麗特說的最後幾句話感動，而以熱情的眼光注視著她。

「很好，」她說，「將所有東西擺在小桌子上，把它移近我的床，我們會自個兒來，別招呼我們了。妳忙了三個晚上，妳應該很睏了，妳去睡吧，我不需要其他服務了。」

「得加上兩道鎖嗎？」

「我想這樣比較好！還有，特別交代在明天中午以前不要讓任何人進門。」

第十二章

清晨五點時，當白晝的光線開始透進窗簾時瑪格麗特對我說：

「如果我催你離開，請不要見怪，但是不得不這樣。公爵每天早晨都會來。他到的時候，僕人會跟他說我在睡覺，然後他也許會等著我醒過來。」

我以雙手捧著瑪格麗特的頭，凌亂的頭髮披散在她周圍，我最後吻了她一次，並問她說：

「我什麼時候可以再見到妳？」

「聽好，」她說，「拿這把放在壁爐上的金色小鑰匙，打開這扇門；把鑰匙放回去之後離開。白天，你將會收到我的信和指示，因為你知道你應該盲目地服從我。」

「是的，但是如果我另外有事相求呢？」

「什麼事？」

「請求妳留給我這把鑰匙。」

「我從來沒有答應過任何人這種請求。」

「那麼，就答應我吧，因爲我向妳發誓，我比任何人都愛妳。」

「那麼，你就留著這把鑰匙吧，但是我預先告訴你，只有我能決定這把鑰匙對你管不管用。」

「爲什麼這樣？」

「在這扇門內有幾處暗鎖。」

「好壞！」

「我會加上暗鎖。」

「所以妳是否愛我一點了？」

「我不知道事情會怎麼發展，但是我想是的。現在你走吧，我要睡了。」

我們相互擁抱了一下之後，我離開了。路上冷冷清清，大城市還在睡夢中，一陣和緩的涼意在這一帶地方奔竄，人聲要過幾個鐘頭之後才會鼎沸。

我覺得這個睡夢中的城市是屬於我的；我在記憶中搜尋直到當時有否任何人是值得我羨

慕的；我實在想不起來有誰比我更幸福的了。

爲一個純潔的年輕少女所愛，這是頭一次爲她們揭開這麼奇特神祕的愛情，確實，這是絕頂幸福的事，但也是世上最單純不過的事。要虜獲一顆不習慣被追求的心，就好像攻佔一個沒有城牆也無駐軍的城市。教育、道德規範和家庭，都是強而有力的保鑣，但是沒有一個有足夠的警覺力能防範十六歲少女被騙，少女經由所愛的男人的聲音，接受了大自然給予最初始的愛情建言，往往越純眞的建言就越能燃燒熱情。

這個少女越相信好的事物，後來她就越會自暴自棄，要不然就是放棄情人，至少是放棄愛情，因爲她毫無防人之心無法保護自己，凡是年滿二十五歲的男人想要就能將她們追到手。而確實人們總是以監視和圍牆來管束這些年輕少女。學校裡的圍牆不夠高，媽媽們的鎖不管用，宗教的道德力量無法一直將這些嫵媚的鳥兒關在籠子裡，否則連要送花到牢籠裡都不可能。因爲她們也應該會對這個她們被隔絕的世界有所渴求，因爲她們應該相信它是誘人的，因爲她們應該會透過牢籠裡的欄杆，傾聽第一個來跟她們訴說祕密的聲音，並且相信第一個爲她們揭開暗角的神祕面紗的人。

但是能得到一個風塵女子的眞愛，是一種再困難不過的勝利。她們的肉體已腐蝕了靈魂，感官已經燒燬心靈，色情已經麻醉了感情。我們告訴她們的話，她們老早就知道了，我們所用的方法，她們都很熟悉，甚至於她們所能激發的愛情，她們也已經出售了。她們是爲了職業而愛，而非爲愛而愛。比起處女被母親和學校管轄，風塵女子以盤算來捍衛自己要有效多了；她們也偶爾隨興之所至享受沒有交易的愛情，當作休憩活動，一種藉口，或者慰藉；就好比借貸給千餘人的地下錢莊老闆，有一天給某個在飢餓邊緣的窮人二十法郎，不要求利息也不跟他討收據，就認爲可以藉以贖罪了。

而且，當上帝允諾一個風塵女子愛情的時候，這份愛情，剛開始似乎是一種寬宥，然後通常都會變成一種處罰。原諒之前先有懲罰。當一個妓女因自己所有的過去而自責時，她會突然接受深刻、眞摯、不可抗拒的愛情，這是她從來不相信能夠做到的事；當她承認這份愛情時，她所愛的男人便掌控了她！好像他挾此殘酷的權利強勢地跟她說：「妳爲這份愛情所付出的，並不比妳過去爲金錢所付出的來得多。」

於是她們不知道要提出什麼樣的證據。就好像一個牧羊童，老喜歡在田野裡叫喊：「救命啊！」以愚弄當地的農夫自娛，在一個風和日麗的日子他果眞被狼吃了，因爲這回他喊救命時，農夫們以爲他又在惡作劇，跟本不去理會他。這些不幸的少女在她們認眞去愛人時，情形也類似。她們說謊太多回，人們已經不再信任她們，就在她們憾恨惆悵之際，被她們的愛情吞噬了。

所以，幾位風塵女子以眞摯的犧牲，隱居冥想的生活，留給後人榜樣。

但是當男人在寬大的靈魂裡激起這救贖的愛情，他接受這份感情而不計較過去，當他放棄愛情，當他愛到最後，他也同等被愛，這個男人經歷了所有世間的感情，所以當愛情終止時他的心也將對其他人關閉。

這些感想並不是在我那個早晨回家的時候產生的。有的話也只是我對未來命運的預感，而不管我對瑪格麗特的愛情多深，我當時都看不到會有同樣的結果；這些都是我今天才有的感懷。所有一切都全然結束，這些結果是很自然會發生的。

但我們還是回到有此愛情的第一天。當我回到家時，我簡直樂瘋了。一想到在我的想像力中擺放在我和瑪格麗特之間的阻礙已經消失，一想到我擁有了她，一想到我稍微佔據了她的思維空間，一想到在我口袋裡有她公寓的鑰匙以及握有使用這把鑰匙的權利，我便讚嘆生命，以自己爲榮，並且深愛著允諾我所有這些的上帝。

有一天，一個年輕人在經過一條路時遇到一個女人，他看著她，他轉回頭，他繼續往前走。這個女人，他並不認識，她的快樂、遺憾、愛情，他都無法分享。對她而言，他完全不存在，而且也許，若他跟她說話，她還會取笑他，就像瑪格麗特對我一樣。幾個禮拜，幾個月，幾年過去了，突然之間，當他們以各自不同的次序追隨他們的命運，偶然的邏輯將他們面對面地放在一起。這個女人成爲這個男人的情人並且愛著他。怎麼會這樣？爲什麼？他們兩者的存在已合而爲一；幾乎可以說只有親密關係是存在著的，對他們而言這種關係會永遠存在，並且獨佔了兩個戀人的記憶空間。很神奇吧，我們都會同意的。

至於我，我再也想不起來，在那晚以前的我是怎麼過活的。在這第一個夜晚，我記憶中的一切存在全換成了快樂。要不然就是瑪格麗特善於欺瞞，要不然就是自第一個吻之後她對我的激情開始一一湧現。

我越思索，我就越告訴自己說，瑪格麗特沒有任何理由要假裝她其實並沒有的愛情。我也告訴自己說，女人有兩種愛的方式，而這兩種方式最後都是相通的：她們以心來愛或以感官來愛。通常一個女人都聽從她們感官的唯一需求而接受一個情人，而在不經意之中，體會了愛情在肉體之外的神奇力量，從此便產生心靈的愛情生活，通常一個少女只追求婚姻裡的純粹愛情的遇合，在接受到突如其來的肉體之愛的洗禮，往往對這部分的感受要強烈過心靈忠貞的部分。

我在這些思維當中逐漸入睡。我是被瑪格麗特的信喚醒的，她的信裡只有這些字：

以下是我的指示：今晚在臥德維樂劇院。在第三場休息時過來。瑪格麗特。

我將這張紙塞進抽屜，爲了在將來我有所懷疑時，如同我過去有時會有的狀況，我能夠一直在手中握有一份眞實感。

她沒有跟我說白天可以去看她，因此我不敢到她家去；但是我有一股十分強烈的慾望想在夜晚之前遇到她，就像前一晚，我在香榭里舍大道看到她經過並且下車。

七點時，我到達臥德維樂劇院。

我從來沒有這麼早到劇院過。

所有包廂都相繼客滿。只剩下一個是空的：在第一樓的前排。

在第三幕開始時，我聽見這個包廂的開門聲，我幾乎是不眨眼地盯著看，瑪格麗特出現了。

她立刻走到前方，朝著廳內尋覓，她看到我時眼裡充滿了感激。

她今晚美極了。

她是爲了我才這麼刻意打扮嗎？她已經愛我到讓她想到，我越覺得她美，我就會越高興的地步了嗎？這點我還不知道；但是如果她有這樣的想法，她成功了，因爲她一上樓，所有場內的目光都相繼朝向她，連表演中的演員都抬頭看她，因爲她一出現，觀衆就都只注意她了。

而我握有這個女人公寓的鑰匙，並且再過三到四個小時，她又是屬於我的了。

我們老是責備爲女演員跟風塵女子傾家蕩產的人；讓我驚訝的是，他們怎麼沒有爲她們多二十倍的瘋狂。應該要像我過這種生活，才能夠了解她們每天給了情人多少小小的虛榮，然後這些小小虛榮在他們心裡逐漸凝聚爲強烈的「愛情」，這是我們所能找到最恰當的字眼來形容他對她的感情。

普郁冬絲也在這個包廂坐了下來，然後我認出坐在包廂後頭的男人就是G伯爵。

一看到他，我的心都涼了。

想必瑪格麗特注意到我對她的包廂裡出現這個男人的反應，因爲她再度對我微笑，並將背轉向伯爵，她顯得很專注地看表演。第三場休息時，她轉回頭，說了兩個字；伯爵離開了包廂，瑪格麗特向我打手勢要我過去看她。

「晚安。」當我進去包廂的時候她對我說，並向我伸出了手。

「晚安。」我一邊向瑪格麗特和普郁冬絲行禮，一邊回答。

「請坐。」

「但是我坐了別人的位子。G伯爵不回來了嗎？」

「會回來；我差他去買糖果，這樣我們便可以聊一下。都婉娜夫人知道這個祕密。」

「是的，孩子們，」這位女士說；「但請放心，我什麼都不會說。」

「所以你今晚好嗎？」瑪格麗特說著站起來，並來到包廂的暗處親吻我的前額。

「我有點不舒服。」

「你應該要去睡覺。」她又說，帶著嘲弄的表情，很配稱她精緻而靈巧的頭形。

「在哪裡？」

「在你家。」

「妳很清楚我在家裡睡不著。」

「那麼，也不應該來這裡跟我們生悶氣，就因爲在我的包廂看到一個男人。」

「不是因爲這個理由。」

「就是，我很清楚，而且你錯了；我們不要再說這個了。表演結束之後你過來普郁冬絲家，你在那裡待到我叫你爲止。你會等我嗎？」

「會。」

我能夠不遵從嗎？

「你一直愛我嗎？」她又問。

「這還用問！」

「你有想我嗎？」
「整天都在想。」
「你知道我很怕眞的愛上你嗎？你最後問問普郁冬絲。」
「啊！好無聊。」那個胖女人回答。
「現在，你回到你的座位；伯爵快回來了，沒必要讓他在這裡看到你。」
「爲什麼？」
「因爲你看到他會不開心。」
「不是這樣；只是如果妳早一點告訴我今晚很想來這裡，我也可以跟他一樣寄給妳包廂的票。」
「不巧的是，我沒有要求他，他就自己送票過來，並且提議要陪我來。你很了解的，我沒辦法拒絕。我所能做的，就是寫信告訴你我會去哪裡，讓你看得到我，因爲我自己很想早一點看到你；但是既然你是這麼謝我的，我學到了教訓。」
「我錯了，請原諒我。」
「很好，乖乖回到你的位子，尤其是不要吃醋了。」
她又吻了我一次，然後我離開了包廂。

在走廊上，我碰到準備回包廂的伯爵。

我回到了座位。

總之，G伯爵出現在瑪格麗特的包廂是最單純不過的事了。他曾經是她的情人，他為她買了包廂的票，陪她來看表演，所有一切都很自然，既然我有了瑪格麗特這樣的情人，我得要接受她的習慣。

這個晚上其餘的時間我的心情沒有再那麼難受了，散場離開戲院時，看到普郁冬絲、伯爵和瑪格麗特上了等候在門口的四頭馬車，我覺得很悲傷。

然而十五分鐘之後我仍然去了普郁冬絲家。而她也才剛回到家。

第十三章

「你幾乎跟我們一樣快速抵達。」普郁冬絲對我說。

「是的，」我機械地回答，「瑪格麗特在哪裡？」

「在她家。」

「單獨一個人？」

「跟G伯爵。」

我在客廳裡踱著大方步。

「唉，你怎麼了？」

「妳覺不覺得我在這裡等G伯爵離開瑪格麗特的家顯得很可笑？」

「你不好笑，但也不講理。想想瑪格麗特總不能把伯爵丟在門外。G伯爵曾經跟她在一起很久，他以前一直給她很多錢；他現在還是會給她。瑪格麗特每年要花費十萬多法郎；她欠了很多債務。公爵會供應她所開口要的錢，但是她不敢老是跟他要求所有的費用。她不應該跟伯爵鬧翻了，他每年至少會給她一萬多法郎。瑪格麗特很喜歡你，我親愛的朋友，但是，就她跟你的利益來說，對你們的關係不應該太認真。並不是憑你的七、八千法郎就能供得起這個女子的奢華；那些錢還不夠她修繕馬車呢。接受瑪格麗特的現況，疼愛她這個漂亮而有靈性的好女人；當她一個月、兩個月的情人；供應她花束、糖果和包廂票，但是不要再有其他的非分之想，而且不要再吃她那種荒唐的醋。你要搞清楚你是跟誰在交往；瑪格麗特並不是個良家閨女。你得到了她的芳心，你也很喜歡她，其餘的事你就不必擔心了。我覺得你這麼容易吃醋很迷人！你擁有巴黎最美麗動人的情人！她在這麼豪華的公寓裡接待你，她全身穿戴鑽石，而只要你願意，你一毛都不必花，你卻還不滿足。你這個傢伙！你要求太多了。」

「妳說得對，但是對我卻不是這麼回事，我一想到這個男人是她的情人，我就覺得不舒服。」

「首先，」普郁冬絲又說，「他現在還是她的情人嗎？這是她需要的一個人，就這麼回事。」

「前兩天，她都沒讓他進門；他今天早上過來，她沒辦法不接受他的包廂票並讓他作陪。他送她回家，然後在她家稍坐一下，他不會留下來過夜的，因為你在這裡等著呢。所有這一切，在我看來，都再自然不過了。再說你能接受老公爵了不是嗎？」

「是的，不過這是個老頭子，而我確定瑪格麗特並不是他的什麼情人。而且，我們通常可以接受一份關係而沒辦法接受兩種。這樣的情況太像是預先就算計好要讓喜歡她、甚至真心愛她的男人就範，至於更等而次之的風塵女子，她們更會乘此職業之便，到處左右逢源，左擁右抱呢。」

「啊！親愛的，你好嘮叨喔！我看過多少比你更高貴、更優雅、更有錢的男人，照著我給你的建議去做，既不費力，不覺得羞辱，也沒有遺憾！再說這種事天天都有。再說你要所有巴黎的風塵女子如何維生，如果她們沒有同時有三、四個情人的話？沒有人有這麼一筆鉅額的財富足以獨自供應像瑪格麗特這種女子的花費。五十萬法郎的利息收入在法國已經算是鉅富了；所以呢，我親愛的朋友，五十萬法郎的利息收入還供養不起她呢，這就是為什麼一個男人有類似收入的都會有幾層豪宅，好馬數匹，幾個傭人，幾輛車子，幾塊狩獵園地，幾個朋友；通常他已婚，有孩子，他要維生，他要享樂，他要旅行，我清楚得很！所有這些生活方式都要能維持在不至於破產和不鬧出醜聞的情況。以每年五十萬法郎要支付這所有的開銷，他一年沒辦法供應一個女人超過四萬或五萬法郎，更何況這已經是筆大錢了。所以呢，其他情人就補足這個女人一年的其他費用。跟瑪格麗特交往還比較划算呢；她遇到老天賜予的奇蹟，一個有一千萬身價的老頭，他的妻子女兒都死了，只留下幾個姪兒，而他們本身都很有錢，他供應瑪格麗特所有的需求而不要求回報；但是她每年不能向他拿超過七萬法郎，而且我確定如果她再向他多要求別的，不論他多有錢以及他有多愛她，他都會拒絕的。」

「所有這些在巴黎有二或三萬法郎利息收入的年輕人，還不足以維持生活，他們很清楚地知道，當他們是像瑪格麗特這種女子的情人，她用他們所給的錢光付房租跟傭人的費用都不夠。他們不跟她提他們知道的事，他們也裝作什麼都沒看到，當他們受夠了自然就會離開。如果他們的虛榮心足以忍受所有這些，他們就會像冤大頭一般傾家蕩產，然後在巴黎留下十萬法郎的債務之後跑到非洲自我了斷。你相信這個女人會記得他們的遭遇嗎？一點也不會。相反的，她會說她為他們犧牲立場，她少賺了很多錢。啊！你也知道這些不名譽的情節，不是嗎？這些都是千眞萬確的。你是個迷人的男子，我眞心地喜歡你，我打從二十歲開始便在風塵中打滾，我知道她們是怎麼樣的人以及她們的斤兩，而且我不願意看到你為一個漂亮女人對你一時的感情而太過認眞。」

「而且，除此之外，老實說，」普郁冬絲接著說，「若要瑪格麗特為了愛你而放棄伯爵和公爵，在這種情況之下就得衡量你們的關係以及讓她在你和她之間做抉擇，她要為你做的犧牲是非常巨大的，這是無庸置疑的。那你相對地又能爲她犧牲什麼？當愛情的高峰果眞到來，當你最後不要這份感情了，你要如何補償她爲你所失去的金錢損失！你根本補償不了。你會讓她的財富和未來都爲你孤注一擲，她給了你她最黃金的美麗歲月，最後她被你遺忘了。或者你最終是個平凡的男人，於是，你因爲她的過去而拋棄她，你告訴她你只是跟其他情人的作法一樣，然後留給她某種程度的痛苦；或者你最終是個誠實的男人，而你想要不顧一切地將她留在身邊，終於讓你自己逼進不幸的深淵，因爲這種關係，若發生在年輕男人的身上還可以原諒，對成熟的男人就不是這麼回事了。她會變成一切的障礙，家庭不接受，事業也不見容，認爲這些風月之情是男人第二甚至最後的選擇。所以請相信我，我的朋友，不要高估了事物的價值，也不要對風塵中的女人太認眞，而且也不要虧欠她金錢或人情。」

這番忠告既合乎邏輯又很有道理，我很驚訝竟然是出自於普郁冬絲的口。我找不到任何話回答，我不得不承認她說得對；我跟她握手並謝謝她的建議。

「好了，好了，」她對我說，並且微笑，「也不要太鑽研我這些壞理論；生命很美好，我的朋友，就看我們從什麼樣的玻璃來看它。對了，去徵詢你的朋友卡斯東的意見，我認爲他對愛情的看法跟我的很接近。你應該要相信一件事，要不然你就是個索然無味的男孩子，那就是這兒有個美女不耐煩地等候在她家的男人離開，她想念你，她爲你保留她的夜晚而且她愛你，我很確定。現在跟我來窗戶這邊，然後你看伯爵就要走了，我們就可以見到瑪格麗特了。」

普郁冬絲打開一扇窗子，我們並排地靠在陽台上。

她凝望著偶爾經過的路人，我則在做夢。

所有她跟我說的話在我腦際盤旋，而我不得不承認她說得很有道理；但是我對瑪格麗特現有的感情跟這個道理幾乎格格不入。還有，我也想偶爾迴避一下普郁冬絲喘口氣，而好像她是個醫生，因爲對我這個病人絕望，而感到莫可奈何。

「經由感官的速度，我們發現生命應該是短暫的，」我心裡在想，「我認識瑪格麗特才兩天，她從昨天才算是我的情人，而她已經完全盤踞我的思維、我的心和我的生活，這個G伯爵的造訪對我是項折磨。」

終於伯爵出來了，上了他的馬車，然後消失了。普郁冬絲關上了窗子。

就在這個時候，瑪格麗特喊我們了。

「快點過來，現在正在安排飯菜，」她說，「我們要準備吃消夜了。」

當我們進去她家時，瑪格麗特奔向我，抱住我，然後用力地親吻我。

「我們要一直這麼沉悶嗎？」她對我說。

「不會的，已經結束了，」普郁冬絲回答，「我給他上過課了，而且他答應會乖乖聽話。」

「很好！」

我禁不住以眼睛打量著床鋪，並沒有凌亂的跡象：至於瑪格麗特她則已換上白色的浴袍。

我們開始吃消夜。

魅力、溫柔、熱情，瑪格麗特樣樣都有，有時候我不得不承認，我沒有權利向她要求別的；換作別人在我的立場應該會覺得很幸福，而且，就像維吉爾的牧羊人一樣，我只要照著天神或者說是女神的旨意盡情享樂就是了，其他什麼都不要問。

我試圖實踐普郁冬絲的理論，並且也跟隨我的兩位朋友一樣開懷；但是對她們很自然，在我則很勉強，而我神經質的笑聲，幾乎是帶著眼淚硬擠出來的，而她們誤以為我也很開心。

終於消夜結束了，我單獨跟瑪格麗特在一起，她和平常一樣，在火爐前的地毯上坐下來並且以一種悲傷的神情看著壁爐裡的火燄。

她在思索！思索什麼？我不知道；我呢，我帶著愛意注視著她，而且一想到我隨時準備爲她痛苦，我的眼神也幾乎含著恐懼。

「你知道我在想什麼嗎？」

「不知道。」

「我想到了一個辦法。」

「什麼辦法？」

「我現在還不能跟你透露，不過我可以告訴你結果。再過一個月我就自由了，我什麼都不必做，然後我們可以一起到鄉下共度夏日。」

「妳不能跟我說是用什麼方法？」

「不能，只要你愛我像我愛你那樣，一切都會順利的。」

「是妳自己想到這個辦法的嗎？」

「是的。」

「那妳要單獨去實行？」

「我自己去做的話，會很無聊，」瑪格麗特帶著一種我不會忘懷的微笑，對我說，「但是如果我們一起，就可以趁這個方便。」

聽到「可以趁這個方便」這句話，我不禁臉紅起來；我想起瑪儂．勒絲蔻跟一位情人用另一位情人的錢吃飯。

我以一種稍微生硬的語調回答並且起身：「我親愛的瑪格麗特，請允許我不趁這個方便，除非是我憑自己的本事想到和做到的計畫。」

「這是什麼意思？」

「意思是說，我很懷疑G伯爵就是妳這個快樂計畫的同夥，我既不願投資也不願享受這個方便。」

「你是個小孩子。我原本以爲你愛我，是我弄錯了。很好。」

然後，就在同時，她站了起來，打開鋼琴並開始彈奏〈華爾滋的邀請〉，一直彈到每回都讓她停下來的這一有名的大調小節。

不知她彈這曲子是基於習慣，抑或爲了讓我回想起我們認識的當天？我所知道的只是，隨著這首曲子的旋律，我的記憶又一一重現，於是，我走靠近她，用手捧起她的頭並親吻她。

「妳能夠原諒我嗎？」我對她說。

「你很清楚我會原諒你；」她回答我，「但是請注意我們只交往了兩天，就已經有事情要我原諒了。你並沒有遵守對我盲從的諾言。」

「妳要我怎麼做，瑪格麗特，我太愛妳了，而且連妳思維中的一點小事都足以讓我吃醋。剛才妳跟我提議的事令我樂瘋了，但是在實踐這個計畫之前的祕密卻令我心裡痛苦。」

「聽著，講理一點。」她拉著我的兩隻手說，並以一種我無法抗拒的微笑看著我，「你愛我，不是嗎，而且你也會高興跟我在鄉下共度三、四個月。我也是，我很高興能夠兩個人單獨相處，不僅因為我高興這麼做，也是考慮到我的健康需要。我沒辦法離開巴黎這麼久而不事先安排好我所有的事情，像我這樣的女人一直都得面對很複雜的事務；然而我想到了一個很圓滿的解決方式，兼顧我的一切事務以及我對你的愛，是的，對你的愛，不要笑，我瘋狂地愛上了你！而你卻生那麼大的氣並且跟我說那種氣話。你就像個小孩子，比小孩子三倍的孩子氣，你只要記得我愛你，不要無端地擔憂。就這樣一言為定，好嗎？」

「一切都遵照妳的意思，妳很清楚的。」

「所以，不到一個月，我們將置身於某個村莊，我們會在河濱散步並喝新鮮的牛奶。你會覺得奇怪我竟然跟你說這些，我，瑪格麗特．苟蒂耶；我的朋友，這是起因於巴黎的生活看起來好像讓我這麼幸福，但如果我不能耗盡所有的力氣，這樣的生活就會讓我生厭，所以我突然很渴望過一種比較寧靜的生活，讓我重溫童年。我們總是有過一個童年，不論我們後來變成什麼樣子。喔！不要激動，我不會跟你說我是退休上將的女兒，然後我是在聖丹尼長大什麼的。我是在鄉下長大的窮女孩，在六年前我都還不會寫我的名字。你現在安心多了，不是嗎？爲什麼你是我第一個想到要分享我的快樂的對象？想必因爲我看得出來你愛我是爲了我而不是爲了你自己，然而其他人卻只是爲了他們自己。

「我過去經常到鄉下，但是都沒有這次這麼讓我渴望。我得靠你才能實現這個簡單的幸福，所以不要生氣並且答應我做到。你告訴自己說：『她不會活太久的，而如果我沒有爲她做到她向我請求的第一件事，而且這件事是這麼容易做到，有一天我會懊悔遺憾的。』」

對於這樣的話我還能回答什麼，特別是我正帶著第一晚的愛情回憶，而且又在第二晚溫存的期待之中？

一個小時之後，我將瑪格麗特抱在懷裡，而這個時候她即使請求爲她犯案殺人，我想我都會遵從。

早晨六點時我準備離開，在走之前，我對她說：

「今晚見？」

她用力地吻我，但是她並沒有回答我。

白天的時候，我接到一封信寫著這些字：

親愛的小寶貝，我有一點不舒服，醫生叮囑我休息。我今晚會早一點睡，沒辦法見你了。但是，為了補償你，明天中午我等你過來。我愛你。

我的第一個念頭便是：「她騙我！」

一滴冰冷的汗水滾落我的額頭，因爲我已經太愛這個女人，以至於這抹懷疑已足以攪亂我的心。

然而跟瑪格麗特在一起，我應該每天都要有心裡準備遇到這樣的事，就算跟我其他情人在一起時也發生過這種事，即使我並沒有那麼愛她們，心裡也會不舒服。所以這個女人究竟哪來的魔力掌控了我的命運？

於是我思索著，因爲我握有她家的鑰匙，我大可以如往常一樣去看她。這麼一來我便可以很快地知道眞相，而如果我發現有個男人在，我會當場羞辱他。

在等待的時刻我前往香榭里舍大道。我在那兒待了四個小時。她沒有出現。晚上，我進去所有她平日會去的劇院。她也都不在。

十一點時，我前往翁棠街。

瑪格麗特的窗戶沒有燈光。我照樣按了門鈴。

門房過來問我去哪裡。

「瑪格麗特家。」我對她說。

「她沒有回來。」

「我要上去等她。」

「她家沒有人在。」

顯然我可以強行進入，因爲我握有鑰匙，但是我怕會鬧出醜聞，於是我離開了。

只是，我並沒有回我家，我無法離開那條街，而且一直盯著瑪格麗特的房子看。我認爲我還有事情要弄清楚，或者至少我的懷疑可以得到證實。

近午夜時，有一輛我很熟悉的車子停在九號門口。

G伯爵下了車來，在交代車子離開之後，進到房子裡。

之前，我還期待他的遭遇跟我一樣，門房會告訴他瑪格麗特不在家，然後看著他離開；但是到了早晨四點我還等在那裡。

我這三個禮拜以來一直都很痛苦，但是跟這個夜晚所受的痛苦比起來，我覺得根本就不足掛齒了。

第十四章

回到我家之後，我哭泣得像個孩子。如果一個從來沒有被騙過至少一次的男人，根本無法了解這種痛苦。

我告訴自己，趁著平常不容易鼓起的這股決心的熱頭上，得要立刻切斷這份感情，而且我迫切地等待這一天的到來，我能回到我原來的生活，以及回到我父親跟我妹妹的身邊，這兩份愛是我有把握的，也不會欺騙我的。

然而，我不願意在瑪格麗特不知道我爲什麼離開的情況下離開。只是因爲，沒有一個男人決定不再愛他的情人、要離開她時不給她寫信的。

我在腦子裡寫了又重寫了二十封信。

我曾經跟過一個和所有風塵女子沒兩樣的女人交往，我太把她詩化、理想化了，她把我當作小學生一樣看待，爲了欺瞞我，用了一種羞辱的單純伎倆，這是很清楚的。我的自尊遭受踐踏。因此離開這個女人應該不要讓她知道我所受的痛苦，以免她因而感到滿足，所以我便寫了一封極盡優雅的信給她，寫的時候眼裡卻滿載憤怒、痛苦的淚水。

我親愛的瑪格麗特，

我期望妳昨晚的不適沒有什麼大礙。我在晚上十一點時，過來探問妳的身體狀況，人家回我說妳還沒回到家呢。G伯爵先生比我更幸運，因爲他稍後才出現，而到了早晨四點我仍舊還等在妳家門口。

請原諒我讓妳陪我度過的無聊的幾個小時，而請相信我永遠不會忘懷我虧欠妳的快樂時光。

我很想今天去打探妳的病情，但是我打算好了回到父親身邊。

永別了，我親愛的瑪格麗特；我既不夠有錢照我所願來愛妳，也不夠貧窮依妳所願來愛妳，所以就讓我們遺忘吧，對妳來說，一個差不多無所謂的名字，對我而言，是一份不可能擁有的幸福。

我歸還妳這把鑰匙，我從來沒有用過，對妳卻比較有用，如果妳經常像妳昨天那樣生病的話。

你看，連在我信的末尾，我都不忘加上一句不敬的嘲諷，也證明了我依然還那麼愛戀著她。

我讀了又讀這封信十遍，而想到它會讓瑪格麗特痛苦就令我寬慰不少。我試著以她的虛情假意來鼓勵自己。然後在八點的時候，我的管家進來了，我把信交給他讓他馬上送達。

「要不要等回信？」喬瑟夫問我（我的管家名叫喬瑟夫，跟所有管家一樣）。

「如果人家問你要不要回覆，你就說你什麼都不知道，然後等候一下。」

我仍然抱著她能回我信的希望。

男人眞是脆弱、可憐啊！

我的管家外出的那整段時間，我的情緒陷入極度的焦慮不安。我一方面想起瑪格麗特是怎麼開始跟我交往的，我自問有何權利寫給她這麼不禮貌的信，她大可以回答我說不是G伯爵欺騙我，而是我欺騙了G伯爵；有些女人有好幾個情人是很能夠理解的。另一方面，我想起了這個女人的信誓旦旦，我又覺得我的信還嫌太溫柔了，其中還找不到夠強硬的語氣足以侮辱這玩弄我眞摯感情的女人。然後，我告訴自己其實應該不要寫信給她，白天直接到她家，這麼一來，我便可以賺取她流的眼淚。

最後，我自問她如何答覆我，對她可能給我的藉口事先已經有了心理準備。

喬瑟夫回來了。

「怎麼樣？」我問他。

「先生，」他回答我，「這位女士還在睡覺，但是她一醒過來，僕人就會把信交給她，如果有回覆他們也會送過來。」

「她在睡覺！」

有二十次我差點派管家把那封信收回來，但是每一次我總是告訴自己：

「人家可能已經把信交給她了，然後我可能會覺得懊悔。」

越靠近她可能回覆我的時間，我越後悔寫了這封信。

十點，十一點，正午的鐘響了。

中午，正值我赴約會的時間，就裝作什麼事都沒有發生過。最後，我設法讓自己走出桎梏自己的鐵牢籠。

於是，我想，等待的人都有此迷信，那就是，如果我能出去一下，說不定我回來的時候就會有回音了。不耐等待著的回音總是在我們不在家時抵達。

我以趁便吃午餐的藉口出去走走。

我沒有像往常一樣到街角的樺邑咖啡廳，而寧可到皇宮附近的咖啡廳吃午餐並走經翁棠街。每回從遠處瞥見一個女人，我就以爲看見要捎信給我的娜婷。我經過翁棠街時連個郵差都沒看到。我到達了羅浮宮，進到維依咖啡廳。侍者爲我準備吃的，或者不如說隨他的意思款待我，因爲我根本沒有胃口。

我禁不住，眼睛老是盯著時鐘。

我回到家，以爲就會收到瑪格麗特的回信。

門房什麼都沒有收到。我還是對我的管家抱了一線希望。他打從我出門以後沒有見到任何人。

如果瑪格麗特有要回我的信的話，她老早就回了。

於是，我很後悔我在信裡面所用的詞句；我應該完全三緘其口才對，這封信想必令她焦慮不安；因爲，她沒有見到我赴中午的約，正想知道我缺席的理由，然後只見我是這麼向她交代理由的。

這麼一來，她便無法找到藉口，而我想要做的，就是她能找到藉口。我已經預感到她會有幾個拒絕我的理由，我都一一想到了，而且我寧可不要再見到她了。

我想過她會親自來我家，但是幾個小時過去了，而她並沒有過來。

很確定的了，瑪格麗特跟所有的女人不同，因爲收到像我之前寫的那種信的女人，很少不回應點什麼的。

五點時，我跑到香榭里舍大道。

「如果我遇到她，」我心想，「我要假裝不在乎的樣子，然後她就會以爲我已經不想她了。」

在轉到皇家街的時候，我在她的馬車上見到她；這番相遇如此突然以至於我的臉色都白了。我不知道她是否看到了我激動的表情；至於我，我是這麼樣的尷尬，除了注意到她的座車，其他什麼也沒看清楚。

我沒有繼續在香榭里舍大道散步。我去看劇院的海報，因爲我還是有希望在這個場合見到她。

在皇家喜劇院有一場首演。瑪格麗特想必會到場。

我七點到達劇院。

所有包廂都客滿了，但是瑪格麗特並沒有出現。

於是，我離開了劇院，然後我到所有她最常去的幾家劇院，臥德維樂劇院、歌劇院、喜劇院。

她哪裡也沒出現。

或者是我的信讓她太痛苦了，她沒辦法去觀賞戲劇表演，或者是她怕跟我見面，這樣一來她便可以省去解釋的麻煩。

我的虛榮心便一路跟我馳騁在大馬路上，直到我遇到卡斯東，他問我去了哪裡。

「我打皇家劇院來的。」

「我則從歌劇院出來；」他對我說，「我以爲會見到你。」

「爲什麼？」

「因爲瑪格麗特在那裡。」

「啊！她在那裡？」

「是的。」

「一個人？」

「不是，跟一個女的朋友。」

「就這樣？」

「G伯爵有到她的包廂一下子；但是她是跟公爵一起走的。每一片刻我都以爲你會出現。在我旁邊有一個位子整晚都沒有人坐，而我以爲是爲你預訂的。」

「但是爲什麼瑪格麗特去的地方我就要去？」

「因爲你是她的情人啊，拜託！」

「是誰告訴你的？」

「普郁冬絲，我昨天遇到她。我要恭喜你，我親愛的朋友；這是個人皆嚮往擁有的美麗情人。好好珍惜，她會讓你榮耀的。」

卡斯東這個單純的反應，讓我越加顯得我的怒氣是多麼荒謬。

如果我前一晚遇到他，聽到他跟我說這些，我就一定不會寫出早晨那封愚蠢的信。

我想去普郁冬絲家請她轉告瑪格麗特我有話跟她說；但是我擔心她會爲了報復回答我說她不能見我，於是我走經翁棠街之後便回家。

我又問一次管家有沒有我的信。

「什麼也沒有！」

她可能想看看我會有什麼新的動作以及是否我會收回今天的信，我在床上自己這麼想，然而看到我沒有再寫信給她，她明天會寫給我。

這個夜晚我特別爲我所做的事感到遺憾。我獨自在家，我無法入睡，兀自吞噬焦慮和嫉妒，任由思緒逕自奔馳，此時我本來是要待在瑪格麗特身邊，傾聽她跟我說的溫柔話語，這些我只聽過兩次的甜言蜜語，正在我孤寂的時刻焚燒我的耳朵。

我的處境簡直糟糕透了，那就是依理來說我錯了；事實上，所有一切都說明瑪格麗特是愛我的。首先，這個跟我單獨在鄉下共度夏天的計畫，還有她並非被迫成爲我的情人的這項事實，因爲我的財富還不足以提供她的所需，甚至不足以得到她一時的愛情。所以她從來都不抱著在我身上找到眞愛的期望，只希望能夠在賴以維生的愛情交易之餘在我這裡得到休憩。然後第二天起我便摧毀了這份希望，而我以不敬的嘲諷回報兩晚被接納的愛情。所以我所做的是荒唐得無以復加，實在太魯莽了。我有否獨自供養這個女人，因而有權利指責她的生活？從我第二天起便退縮，我是否像個愛情的寄生蟲，擔心人家不給吃晚餐？怎麼會這樣！我認識瑪格麗特只有三十六個小時；其中只有二十四個小時我是她的情人，而我所做的就是生氣；她抽身爲了愛我，我並沒有感到幸福，我還希望她的愛情、時間都爲我所擁有，並且強迫她立刻斷絕她過去的關係，而這些都是她未來生活的收入。我憑什麼譴責她？什麼都不能。她寫信告訴我說她病了，就算她跟某些坦白一切不計後果的女人一樣，可以莽撞地告訴我說，她要接待一個情人；而我沒有相信她的話，我沒有到巴黎的所有街道去散步，除了翁棠街；我沒有跟我的朋友們共度夜晚，然後第二天按她指示的時間出現，我做的是《奧塞羅》書中主角所做的，我偵察她的行蹤，我以爲不要再見到她就等於懲罰她。但是她相反地應該爲這種分別而高興才對，她應該覺得我極笨無比，她的沉默並不是種報復，而是漠不在乎。

我因此應該送給瑪格麗特一樣禮物，讓她相信我很大方，以風塵女子的方式對待她，我便與她地位平等；但是我就是擔心有此略帶交易性質的想法反倒觸犯了她對我的愛，至少是我對她的愛，因爲這份愛情是如此純眞而不允許與人分享，即使禮物再美，也無法以之作爲換取幸福的代價，不論這份幸福是多麼短暫。

這個夜晚我便重複所有這些想法，每一刻我都準備好要告訴瑪格麗特。

當東方漸白，我還沒有睡著，我發燒了；除了瑪格麗特我沒辦法想別的。

如你所知，決定跟這個女人斷絕關係，要不然就決定不要疑神疑鬼，不管決定怎麼做都得抱持堅定的立場，即使她很高興接待我，我也不能軟弱。

但是，你也知道，我們一向不能馬上有堅決的立場：我無法待在我家，也不敢到她家去，我試圖找到接近她的方法，一種萬一我的自尊佔上風，能夠馬上自處的方法。

九點了。我跑去普郁冬絲家，她問我是爲了什麼這麼一大早去拜訪她。

我不敢老實告訴她我來的目的。我回答她說，我這麼早出門是爲了訂到回我父親家的馬車位子。

「你很幸福，」她對我說，「能夠在這麼好的天氣離開巴黎。」

我看著普郁冬絲，心想她是否在嘲笑我。
但是她的表情一本正經。
「你會跟瑪格麗特說再見嗎？」她又嚴肅地說。
「不會。」
「你做得對。」
「妳知道了？」
「當然。既然你已經跟她絕交，再見到她又有什麼用？」
「所以妳知道我們絕交了？」
「她給我看了你的信。」
「那麼她跟妳說了什麼？」
「她跟我說：『我親愛的普郁冬絲，妳的被保護人好沒有禮貌：一般人只會想到信的內容，但是不會寫出來。』」
「她跟妳說這句話是用什麼語氣？」
「她笑了而且她還說：『他在我家吃過兩次消夜，而現在他午餐後竟不願來我家。』」
這就是我的信和我的嫉妒所產生的效果。我在我的愛情的虛榮裡受到殘酷的羞辱。

「那麼她昨天晚上做什麼？」

「她到歌劇院去了。」

「我知道。然後呢？」

「她在她家吃消夜。」

「一個人？」

「跟G伯爵，我想。」

所以我的絕交信一點也沒有改變瑪格麗特的作息。

難怪有些人在這個時候會說：

「對於不愛你的女人，應該不要再想她了。」

「好，我很高興知道瑪格麗特一點也不會因我而難過，」我帶著勉強的微笑又說。

「她很有理由這麼做。你做了你該做的事，你比她要理直氣壯，因爲這個女孩愛你，她不停地說起你，而到了幾乎瘋狂的地步。」

「既然她愛我，爲什麼她不回覆我？」

「因爲她了解她錯愛你了。而且女人有時寬容人家欺騙她們的愛情，但不允許人家挫傷她們的自尊，如果當了她兩天情人，然後離開她，哪怕是給她什麼分手的理由，我們必然會傷害到她的自尊，我了解瑪格麗特，她寧願死也不願回覆你。」

「那麼我應該怎麼做？」

「什麼都不要做。她終會忘記你的，你也會忘記她，你們終究不會責怪彼此的。」

「但是如果我寫信給她請求她原諒呢？」

「不要寫信給她，她會原諒你的。」

我差一點要擁抱普郁冬絲。十五分鐘之後，我回到家並且寫信給瑪格麗特：

有人爲他昨天寫的信深深懊悔，如果妳不原諒他，他明天就離開巴黎了，他想知道幾點的時候他可以懺悔在妳足下。

什麼時候他能單獨見妳？因爲，妳知道的，懺悔不必有見證人。

我將這封像散文詩的信函摺好放進信封之後，便差遣喬瑟夫送去，他親自將信交給瑪格麗特本人，她回覆他說她稍晚再答覆。我只出去一下子吃個晚餐，晚上十一點我仍然還沒有收到回音。我於是決定不再受長時間的痛苦，並且決定第二天便離開巴黎。做了這個決定之後，我知道如果我躺在床上也睡不著，我便開始打包我的行李。

第十五章

喬瑟夫跟我，我們花了差不多一個小時準備所有我要離開的事情，這時候有人來按我們的門鈴。

「要開嗎？」喬瑟夫問我。

「去開門。」我告訴他，心裡自問誰會在這個時候來我家，而沒有想到會是瑪格麗特。

「先生，」喬瑟夫回來說，「是兩位女士。」

「是我們，亞蒙。」我認出叫我的這個嗓音，是來自於普郁冬絲。

我走出臥房。

普郁冬絲，站著，端視著客廳裡的幾個古董；瑪格麗特，坐在沙發上，沉思。

當我進去客廳時，我走向她，我跪下來，我握住她的兩隻手，然後，我很激動地對她說：

「對不起。」

她親吻我的額頭並對我說：

「瞧，我已經原諒你三次了。」

「我明天要離開巴黎了。」

「不知道我來是否可以改變你的決定？我不是要來阻止你離開巴黎。我來是因爲白天我沒有時間回覆你，而我不要讓你以爲我在生你的氣。還有，普郁冬絲不要我來；她說我可能會打擾你。」

「妳，打擾我，妳，瑪格麗特！怎麼說呢？」

「夫人！你說不定家裡有個太太，」普郁冬絲回答，「讓她看到來了兩個女人，情況恐怕就不妙了。」

在普郁冬絲說這句話的當兒，瑪格麗特很注意地看著我。

「我親愛的普郁冬絲，」我回答，「妳不知道妳在說什麼。」

「你的公寓很不錯，」普郁冬絲不悅地說，「我們可以參觀臥房嗎？」

「可以。」

普郁冬絲走進我的臥房，爲了參觀的成分少過爲了修正她方才所說的傻話，而留下我們獨處，瑪格麗特跟我。

「爲什麼妳帶普郁多絲來？」

「因爲她跟我一起到劇院，而離開劇院後我想有人跟我做伴。」

「爲什麼不能是我陪你去？」

「不能，因爲我不想把你推出門外。因爲我很確定你來到我家門口時，會請求我讓你進去屋內，而如果我不能依你，我不想看到你責怪我拒你於門外而離去。」

「而爲什麼妳不能在屋內接待我？」

「因爲我受到嚴密的監視，再小的嫌疑都會讓我犯下不可彌補的錯誤。」

「這是唯一的理由？」

「如果還有其他的理由，我不會不告訴你。我們彼此之間不再有祕密了。」

「對了，瑪格麗特，我不想拐彎抹角地跟妳說話。老實說，妳有愛我一點嗎？」

「很多。」

「那麼，妳爲什麼要欺騙我？」

「我的朋友，如果我是某某公爵夫人什麼的，如果我有兩百萬法郎的利息收入，而我是你的情婦，然後我除了你之外還有別的情人，你就有權利質問我爲什麼欺騙你；但是我是瑪格麗特·苟蒂耶小姐，我有四萬法郎的債務，一毛財產也沒有，而且我每年要花費十萬法郎，你的問題沒有意義，我也不用回答。」

「說得對，」我說著將頭埋進瑪格麗特的膝蓋，「但是我，我愛妳愛得像個瘋子。」

「那麼，我的朋友，應該少愛我一點，要不然就應該多了解我一點。你的信令我非常痛苦。如果我是自由之身，首先我前天就不會接待伯爵了，或者，就算接待了他，我也會來請求你的原諒，如方才你請求我的原諒一般，而且我未來除了你之外也不會有其他情人。我有時以爲我能夠擁有六個月這種幸福；你不要我這麼做；你執意要知道這些方法，哼！我的天啊，方法很容易猜到。這個犧牲比你以爲我是在利用他們還要更大。我也可以跟你說：『我需要兩萬法郎』；你因爲愛我，你會想辦法幫我籌錢，但將來你可能以此而名正言順的指責我。我寧願什麼都不要虧欠你；你並不能了解我的苦心安排，因爲它確實是。我們這些女人，當我們還有一點良心，我們會以話語跟事物，來表達別於其他女人的熱情和慷慨；所以我要跟你重申，瑪格麗特·苟蒂耶所找到用以還債的方法，是不跟你開口要錢，這就是我的苦心安排，讓你因而受惠而不邀功。如果你今天才認識我，你應該會對我跟你承諾的事高興不已，你也不用問我前天做了什麼。有時候我們不得不以身體作爲代價，來爲我們的靈魂購買幸福，而我們會在這份幸福棄我們而去之後更加地痛苦。」

我帶著驚嘆幸福傾聽並凝視著瑪格麗特。當我想到，我從前就渴望拜倒在她的石榴裙下的絕美尤物，她樂意把我放在她的思慮中的一個位置，讓我在她生命中扮演一個角色，而我還不滿意她所爲我做的，我自問男人的願望是否有極限，就算他的願望跟我先前想跟瑪格麗特在一起的想法很快便都實現了，我們接下來還會要求別的。

「這是千眞萬確；」她又說，「我們這些沉浮於世的女人，我們有著奇怪的慾望和不能想像的愛情。我們爲了得到一樣東西出售色情，爲了另一樣東西也是。有一些人爲我們耗盡家產卻從我們身上得不到什麼，也有另外一些人以一束花便能擁有我們。我們的心是善變的；善變本身便是我們的心唯一的藉口跟娛樂。我從來沒有接受其他男人像接受你這麼快。這個我可以對你發誓；爲什麼？因爲你看到我咳血時你握著我的手，因爲你爲我哭泣，因爲你是唯一一個敢於挖苦我的人。我要跟你說一件荒唐的事，那就是我以前有過一隻小狗，每當我咳嗽時都會以一種很悲傷的表情望著我。這是我唯一鍾愛過的傢伙。

「牠死的時候，我哭得比我母親過世時還要傷心。她在世時有十二年確實都在鞭打我。你看，我很快地便像愛我的那隻狗一樣愛你。如果所有的男人都知道以一滴眼淚便能擁有，他們就能多被愛一點而我們也不會讓他們破產。

「你的信全是違心之論，它讓我發現你的心智有所蒙蔽，它讓你在我對你的愛情中所產生的傷害，比你所能對我做的其他錯事還要嚴重。這就是吃醋，確實是，但是是吃的荒謬而無禮的醋。我本來已經夠傷心了，又收到你的信，我原本打算那天中午要見你，跟你共進午餐，見到你可以終於掃除我在認識你之前一直持有的看法。

「還有，」瑪格麗特繼續說，「你是唯一一個我很快了解我能在你面前暢所欲言，暢所欲想的人。圍繞在像我這樣的女子身旁的人，總是喜歡小心翼翼於他們的毫不打緊的一言一行。我們當然沒什麼朋友。我們有一些自私的情人，他們花費金錢不是爲了我們，就如他們自己所說，全是爲了他們的虛榮心。

「對於這些人，在他們開懷時，我們得要陪著高興，在他們想吃消夜狂歡時，我們也要有體力硬撐硬陪，他們有所保留時，我們也跟著陪小心。我們萬萬不可以對其他人太好，否則他們就再也不會相信我們了。

「我們根本就是最不受他們尊重，屬於最底層的那種人。我們是有一些朋友，但是都是些像普郁冬絲這樣的朋友，過去曾是風塵女子的女人，她們仍然保留了揮霍的習性，而她們的年齡已不再允許這樣。於是她們成爲我們的朋友或者不如說成了我們的食客。她們的友誼僅止於依賴受惠，無利可圖時不就見到人影了。她們從來不會給你什麼有用的建議。她們根本無所謂我們有十個以上的情人，除非她們能從中獲得幾套洋裝或一個手鐲什麼的，而且她們時常搭我們的馬車去兜風，並且來我們訂好的包廂看表演。她們要走了我們前一晚的花束，跟我們借穿我們的喀什米爾披肩和毛衣。她們從來不會幫我們，就算幫了點小忙，也一定會加倍的索價。你自己那晚也在場，普郁冬絲幫我帶回我請她向公爵要求的六千法郎，她向我借了五百法郎，她根本不打算還我，或者會以她自己都束之高閣的帽子來抵還。

「所以我們，或者不如說我，只能擁有一種幸福，那就是，像我時常覺得悲傷，也一直為病痛所苦，我在找一個最不會過問我的生活的男人，並且他可以成為我的感覺的情人，而比較不像是肉體的情人。這個男人，我原以為就是公爵，但是公爵老了，而他的老邁既不能保護也無法安慰我。我本來以為我可以接受他給予我的生活；但是換作是你，你能接受嗎？我無聊死了，與其生命是這樣慢慢被燃盡，我寧可選擇立刻跳進火堆而被木炭窒息而死。

「於是，我遇到了你。你，年輕、熱情、快樂，我努力地想讓你成為那個我在人群中依舊孤寂的情境下所想找尋的男人。我喜歡你的地方，不是原本的你，而是應該成為的那個你。你不接受這個角色，你拒絕它就好像你不配擁有一樣，你是個粗俗的情人；那就跟其他人一樣，付我錢，然後再也不要提這檔事。」

瑪格麗特，因冗長的告白而略顯疲累，癱軟在沙發椅背上，同時，為了稍稍減緩輕微的咳嗽，她以手帕摀住嘴唇甚至眼睛。

「對不起，對不起，」我低聲地說，「我本來就了解所有的狀況，但是我想聽到妳親口告訴我，我寶貝的瑪格麗特。讓我們忘懷其他的一切而只要記得一件事：我們已合而為一體，我們正值青春年華而且我們彼此相愛。

「瑪格麗特，讓我為妳做所有的事，我是妳的奴隸，妳的狗。但是看在上帝的分上，撕掉我寫給妳的那封信，並且不要讓我明天離開。要不然我的生命會因而枯萎。」

瑪格麗特從洋裝內的胸衣拿出我的信，並且交給了我，然後以一種無比溫柔的微笑對我說：

「瞧，我給你帶來了。」

我撕毀了這封信，並且帶著淚水親吻這隻給信的手。

這時候，普郁冬絲又露面了。

「瞧，妳知道他跟我請求什麼嗎？」瑪格麗特說。

「他請求妳原諒。」

「一點也沒錯。」

「妳原諒他了嗎？」

「一定得原諒他，不過他還要求別的事。」

「是什麼事？」

「他想跟我們一起吃消夜。」

「那你們言歸於好了嗎？」

「妳說呢？」

「我認爲你們根本是兩個小孩子，你們在心靈上互相需要對方。不過我也認爲我太餓了，而你們越早講和，我們可以越早吃消夜。」

「我們走吧，」瑪格麗特說，「我們三個人一起搭乘我的馬車。」她轉身對我又說了一句，「來，娜婷應該就寢了，你來開門，拿著我的鑰匙，別再把它弄丟了。」

我緊緊抱住瑪格麗特到她差點窒息的地步。

我的管家喬瑟夫就在這個節骨眼進來了。

「先生，」他帶著驕傲的神情說，「行李全打包好了。」

「全部？」

「是的，先生。」

「那麼，就再卸下來吧；我不走了。」

第十六章

亞蒙告訴我說，我可以以幾行字向你訴說這段關係的開頭部分，但是我想讓你清楚地知道我們經歷了哪些事、哪些過程，達到瑪格麗特所期望我做到的境地，瑪格麗特的生命裡這時候也非我不可了。

就在這個夜晚的次日，我送給她這本《瑪儂．勒絲蔻》。

打從這時起，既然我無法改變我情人的生活，於是我就改變我自己的生活。總之我不要讓自己的心裡有任何時間思索我所接受扮演的角色，因爲要不然我會禁不住感到莫大的悲傷。還有，我原本平靜的生活，一下子突然蒙上了嘈雜混亂的外衣。不論有多客觀，都別以爲被一位風塵女子所愛是不用花錢的。像數不清的花束、包廂票、消夜，以及無數拒絕不了的鄉村之旅，沒有一樣不昂貴。

如我跟你說的，我沒有什麼財富。我父親那時任職（現在還是）一位收稅員，幸好他享有忠誠的美名，因而找到了一筆保證金，讓他得以順利地進入這行工作。他每年可收入四萬法郎，十年來他陸續還清了這筆保證金並且幫我妹妹預備好了嫁妝。我父親是我們所見過最重視道德的人。我母親死後留下每年六千法郎的利息收入，自他獲得他想要的工作的那天起，我跟妹妹便平分這筆錢；然後，到了我年屆二十一，他每年多加給我五千法郎，有了這八千法郎，再加上如果我要在這筆利息收入之外再在法律或醫學方面謀得一職，我便保證可以在巴黎愉快地過日子。我因此來到了巴黎，我研習法律，我獲得了法律文憑，然後跟多數的年輕人一樣，我完全不管工作而在巴黎過著無憂無慮的生活。我的花費一直都很儉省；我八個月內花用一年的收入，而四個月待在我父親家，這樣讓我好像每年有一萬二千法郎的利息收入一樣，並爲我贏得乖兒子的美譽。此外也沒有任何債務。

這是我在認識瑪格麗特以前的狀況。

你曉得，非我所願的，我的生活費用增加了不少。瑪格麗特是個非常隨興所至的人，她和某些女人一樣，從不把生活中必不可少而無法計數的娛樂消遣的花費當一回事。結果是，爲了盡可能跟我共度最多的時光，她早上寫信給我告訴我要跟我共進晚餐，不是在她家，而是在某某餐廳，不是在巴黎，就是在鄉下。我去接她，我們共進晚餐，然後我們去劇院，我們經常接下來吃消夜，我一個晚上要花費四或五個路易金幣，這等於每個月要花費兩千五百或三千法郎，也等於我三個半月內便用完一年的收入，使我面臨刻不容緩的抉擇，要不就是舉債度日，要不就是離開瑪格麗特。

然而，我接受了所有的困難挑戰，但就是離不開瑪格麗特。

很抱歉，我跟你提了這所有的枝枝節節，但是這些便構成後來發生的事件之主因。我所跟你述說的是一則眞實簡單的故事，而我同時也保留了所有故事的單純細節和發展過程。

我於是體會到，既然世上沒有任何事物有足夠的影響力讓我忘記我的情人，我便得想辦法籌措到這筆我必不可少的生活費用。此外，這份愛情讓我神魂顚倒，所有我見不到瑪格麗特的時刻對我都好像是度日如年，而且我渴望以任何一股熱情之火來燃燒這些時刻，然後我可以快速地度過漫長的等待時間，快到我感覺不到在過這段時間。

我開始拿我小本錢裡的五或六千法郎當賭本，然後開始賭博，因爲自從所有賭場都被搗毀之後，我們便到處賭錢。在過去，我們進入福拉斯卡堤賭場，都有機會發大財：我們儘管大筆大筆地下注，如果輸了，我們也會安慰自己說我們還會再贏；而現在，除了在一些團體還多少老實付錢之外，我們幾乎確定，一旦贏得一筆鉅額賭金，根本就拿不到這筆錢。我們很容易便了解其中的緣由了。

賭錢的人全都是需求很大而本身又沒有維持生活所需的一筆財富；於是他們賭博，結果自然是這樣：萬一他們贏了錢，輸家等於要幫他們付馬匹和情婦的所有花費，他們自己並沒有留下什麼錢，這是很不舒服的事。賭場裡的客人因爲債務而來，彼此認識熟悉，最後卻以爭吵收場，在這裡尊嚴跟生命經常被撕裂折損；而我們若誠實守信照付賭金，我們會因爲遇到也是老實但就是拿不出賭本的年輕人，最後我們也被連累而破產了。

我不必告訴你誰在賭錢時做弊，有一天他終會被迫離開巴黎並且遭到遲來的懲罰。

我因而縱身躍入這種飛快、燃燒、毀滅性的生活，這種生活是我在過去連想都會害怕恐懼的，而現在卻成了我對瑪格麗特的愛情必不可少的搭檔。不然你要我當時怎麼辦呢？

我沒有在翁棠街過夜的晚上，如果我獨自待在家裡，我根本睡不著。嫉妒之火令我整晚失眠，並且燃燒我的思緒跟血液；還好賭博可以暫時轉移侵略我心的妒火，並且讓我的心因賭性大發的這股激情而得以休息，直到我得以回到我情人身邊的時刻到來。於是我意識到我的愛情的蠻力，因爲不論我正在輸或贏，一到見面時間，我便毫不留情地離開賭桌，留下賭友們在那兒抱怨，他們同時也羨慕我能夠擁有這種毫不戀棧賭桌的幸福。

對於大部分的賭客，賭博是件必需品；對我來說，它則是醫藥。

只要我有一天不再那麼愛瑪格麗特，我也就不需要賭博了。

不過，在這段時間，我保持了相當的冷靜；我只輸掉我能付得起的錢數，而我只贏我能輸得起的金額。

此外，我的手氣還不錯。我沒有欠什麼賭債，我不賭的時候，我花的錢比賭博時多三倍。要抗拒這種滿足瑪格麗特上千種需求而不自損的生活，其實並不容易。至於她，她一直都很愛我甚至更愛我。

如我跟你說過的，起先我只能留在她家從午夜至早晨六點，然後我有時候可以待在她的包廂，然後她偶爾來跟我共進晚餐。有一天早晨我到了八點才走，然後有一天我甚至到中午才離開。

在等待瑪格麗特心理上的改變的同時，她生理上也出現了改變。我努力要治好她的病，而可憐的女孩，猜到了我這番心意，爲了向我證明她的誠意，她全都聽我的。我毫不費力地便讓她逐漸遠離以前的壞習慣。我的醫師和我一起挽回了她的健康，他跟我說，獨寢和寧靜能夠讓她保有健康，所以，我讓她改掉吃消夜和熬夜的習慣，代之而有的是健康的飲食和規律的睡眠。非她所願，瑪格麗特逐漸習慣於這種新的生活方式，並從中收到健康的效果。她開始在她家過幾個夜晚，或者，如果天氣不錯，她會裹著一件喀什米爾，罩著面紗，而且我們會步行，像兩個孩子，夜晚在香榭里舍大道的暗巷中奔跑。她疲憊地回到家，稍微吃點消夜，彈奏一點音樂或閱讀之後便就寢了，這在過去根本是不可能的事。在過去，令我每回聽了都會心碎的咳嗽聲，現在也幾乎完全聽不到了。

一個半月之後，伯爵的問題解決了，他沒有利用價值，可以不管他了；我仍然被迫要隱瞞我和瑪格麗特的關係的人只剩下公爵，而且他經常在我待在瑪格麗特家時被支開，藉口不外是，瑪格麗特已經睡了而她不准僕人叫醒她。

結果造成一種習慣甚至是需求，瑪格麗特希望見到我為她放棄賭博，即使我正在贏錢也得罷手。我算了一下，我總共贏了差不多有萬把塊法郎，對我來說這是一筆用之不竭的賭本。

到了我該回去看望父親和妹妹的時間，我也沒有回去；我倒是經常收到父親要不然就是妹妹的信，請求我回到他們身邊。

我盡最大的努力回覆他們的聲聲催促，我老是重複地告訴他們，我很健康而且我並不缺錢，我認為這兩件事多少能安慰我的父親何以我每年定期的探訪延期了。

正值這段時期的一天早晨，瑪格麗特被燦爛的陽光喚醒，她跳下床，並請求我這一整天帶她去鄉下。

我們去找普郁多絲，然後三個人一起便動身前往鄉下。出發前，特別交代娜婷向公爵說她想趁著好天氣出去走走，並且說她是跟都婉娜一同前往。

有普郁冬絲在，除了可以取信於老公爵之外，也還因爲她特別擅長辦鄉村派對。她永不褪色的快樂笑容和一直都有的好胃口，有她做伴絕不會有冷場，同時她也是點菜專家，舉凡雞蛋、櫻桃、牛奶、油炸兔肉，以及所有巴黎郊外傳統午餐的菜餚。

我們就只剩下不知道要去哪裡。

又要普郁冬絲來幫我們出主意。

「你們要去眞正的鄉村嗎？」她問。

「是的。」

「那麼，我們到埔吉瓦勒去，住在亞奴寡婦開的破曉飯店。亞蒙，去租一輛四頭敞篷馬車。」

一個小時半之後，我們到達了破曉飯店。

你也許知道這家飯店，平時是旅館，禮拜天則成了酒吧。花園有一般二樓那樣的高度，我們的視野美極了。左手邊看到瑪莉運河流向天際，右手邊則可看到無邊無際的山丘；這一帶的河川幾乎沒有急流，流動時看起來像一條白色寬闊的緞帶，這兒地理位置介於噶比隆平原和夸希島之間，永恆地孕育在樹林的搖曳聲浪中。

飯店的背後，沐浴在充沛的陽光裡，高處有紅瓦的小白屋，以及因爲遠望而顯得沒有那麼生硬商業化的工廠，讓風景更爲出色了。

從後面可望見籠罩在輕霧中的巴黎！

正如我們跟普郁冬絲說的，這兒眞的是鄉村，而我應該說，我們在這兒享用了眞正的午餐。

並不是因爲擁有幸福應存感恩之心，所以我才這麼說，而是埔吉瓦勒的名字雖不悅耳，卻是我們所能想像幾個風景優美的地方之一。我旅行過不少地方，我見識過更壯觀的景色，但比起愉悅地坐落在保護它的山丘腳下的這個小村落，任何景色都沒有它這麼可愛迷人。

亞奴夫人免費提供我們搭船遊河，瑪格麗特跟普郁冬絲都開懷地接受了。

我們老是將鄉村跟愛情聯想在一起，這樣一點也沒錯：藍天、空氣的香甜、花絮、微風、閃耀著田野或樹林的寂靜，沒有一樣會讓我們深愛的女人生厭。隨著我們對一個女人的愛情日漸深刻，我們會因爲過去對她的信心不足，因爲過去她給予的不安全感造成我們對未來的陰影，我們總是多少有點妒意。如果你曾經愛過，認眞地愛過，你應該不難體會這種與世隔絕的需要，因爲你渴望全然地活著。在世外桃源中，她可以全然不理會周遭的一切，她失去了與其他男人和事物接觸的媒介。我呀，我對於這個道理比任何人體會得都要深刻。我的情人並非是個平凡人；我愛的是個平常人也就罷了，但我愛的是瑪格麗特·苟蒂耶，那也就是說在巴黎，每走一步，跟我擦身而過的男人，有可能就是這個女人的舊情人或者是明日的情人。然而在鄉下，我們身旁的人們都是陌生人，他們不會來過問我們的事，在春天即將來臨的大自然中，在每年一次的恩典中，隔絕了城市的擾攘，我得以藏匿我的情人，並且可以無慚無懼地去愛。

風塵女子在那裡逐漸消失了蹤影。在我身畔的是個美麗、年輕的女人，我愛她，她也愛我，她名叫瑪格麗特：過去不再有形跡，未來多了雲彩。陽光照亮了我的情人，好像她是最貞潔的未婚妻一般燦爛。我們兩人在優美迷人的幾個景點中散步，或歌頌史癸都的詠嘆調，而這些地方不得不令人聯想起拉瑪汀的詩句。瑪格麗特身著白色洋裝，倚身在我的懷抱中，她對我重複她昨晚星空下向我傾吐的話語，遠處的世界繼續它的行腳，對於我們這幅年輕愛情的愉悅畫面沒有加上任何一筆汙染的陰影。

於是這個白晝的熱情陽光，透過樹葉，灑下我的夢想，同時我們躺臥在島嶼邊緣的草地上，遠離了島外所有人事的紛紛擾擾，我任由思緒奔馳並隨手採摘一路所邂逅的希望。

順便一提的是，從我躺臥的地方，我看到岸邊一棟兩層樓的迷人小屋，有著半圓形的籬笆；穿越籬笆，來到小屋前方，一片綠油油的青草地，平整得好似一匹天鵝絨布，在建築物後面有一片充滿神祕的樹林，它想必每天早晨以它的青苔擦拭前一晚人們跟野獸走過的路徑。

攀爬的野花掩蓋了這棟無人居的小屋的階梯，並且擁抱小屋直到二樓。

因著注視小屋過久，最後我彷彿覺得它是屬於我的，它簡單地勾勒出我的夢想。我在那兒看到了瑪格麗特和我，白天在覆蓋山丘的樹林裡，夜晚則坐在青草地上，而我自問是否地球上還有其他生物比我們更幸福的了。

「多美麗的小屋啊！」瑪格麗特對我說，她一直跟隨我的視線，也許也跟隨著我的思緒。

「在哪裡？」普郁冬絲問。

「在那裡。」瑪格麗特指著這棟小屋回答。

「啊！很賞心悅目，」普郁冬絲回答，「妳很喜歡嗎？」

「非常喜歡。」

「那好辦！告訴公爵爲妳租下來；他一定會爲妳租的，我敢保證。如果妳願意的話，一切由我包辦。」

瑪格麗特望著我，好像是要問我對於這個主意的看法。

我的夢想被普郁冬絲最後那番話粉碎了，我突然被彈回現實世界來，而我依然在挫傷中頹然喪志。

「事實上，這是個絕佳的主意。」我結結巴巴地說，我自己也不清楚自己在說什麼。

「那麼，我來打點這件事，」瑪格麗特說著拉起我的手，她依著她的願望來解讀我的話語，「我們馬上去看看這棟小屋是不是要出租。」

「你在這裡會開心嗎？」她問我。

「有確定我也要來嗎？」

「如果不是爲了你，那是爲了誰，難道是我要葬身在那裡不成？」

「那麼，瑪格麗特，就讓我自己來租這棟房子吧。」

「你瘋了嗎？不僅這沒有必要，同時也是很冒險的事；你很清楚我沒有權利接受別的男人，所以你不要插手這件事，大孩子，而且什麼也不要說。」

「那就這麼辦吧，我會有兩天空閒，那時我都會待在妳家。」普郁冬絲說。

我們離開了小屋，並且爲了這個新的決議又重回巴黎的舊路。我將瑪格麗特抱在懷裡，所以在下車時，我開始以較不挑剔的態度來考量我情人的作法。

第十七章

翌日，瑪格麗特很早便送我出門，她說公爵應該一大早就會過來，並且答應我等他一走便會捎信給我，約定我們每晚都有的見面時間。

事實上，白天的時候，我接到這樣的信：

「我和公爵要去埔吉瓦勒一趟，今晚八點在普郁冬絲家等。」

在她指示的時間，瑪格麗特回來了，並且來都婉娜夫人家跟我碰頭。

「對了，全都安排好了。」她進門的時候說。

「房子租到了？」普郁冬絲問。

「是的。他馬上就同意了。」

我並不認識公爵，但是我以欺騙他而感到羞愧。

「但是事情還沒有完全解決呢！」瑪格麗特又說。

「還有什麼事？」

「我擔心亞蒙的住處。」

「不能住在同一個屋子？」普郁冬絲微笑著問。

「不行，但是在我和公爵在破曉飯店吃午餐時，我趁他在看風景的當兒，我便向亞奴夫人打聽，因爲她名爲亞奴夫人，不是嗎？我問她還有沒有合適的住房。她正好還有一間，有客廳、玄關和臥房。應該就是這樣了，我想。每月六十法郎。屋內的擺設完全適宜調劑焦慮症病人。我訂了這間房。我辦得怎麼樣？」

我跳起來抱住瑪格麗特。

「這樣安排好極了，」她繼續說，「你有一把我邊門的鑰匙，而我承諾公爵給他一把大門的鑰匙，他應該用不著，因爲他要是過來的話，只會在白天。我想，對於我跟他之間的狀況，他應該會高興我暫時離開巴黎一段時間，這樣可以讓他的家人一段時間不會嘮叨他。不過，他問我何以像我這麼鍾愛巴黎的人，竟然能夠下定決心隱居在鄉下；我回答他說，我生了重病，這樣做全是爲了調養身體。他顯然並沒有完全相信我。這個可憐的老傢伙一直都處在備受威脅的絕望境地。所以我們還是得多加小心，我親愛的亞蒙；因爲他還是會派人在那兒監視我，而且我不僅要靠他幫我付度假別墅的租金，還必須靠他幫我償還債務，而不幸的是，我正有好幾筆債務待償。所有這些都還合你的意嗎？」

「是的，」我回答，同時試圖壓抑這種生活方式經常在我內心喚起的不確定感。

「我們一一檢視過房子裡的細節，我們在那裡將完美無缺。老公爵什麼都要親自打點才放心。喔！親愛的，」她抱著我又說，「你沒有什麼好不滿足的了，是百萬富豪爲你鋪的床。」

「那你們幾時要搬進去住？」普郁冬絲問。

「越早越好。」

「妳要帶走馬車跟馬匹嗎？」

「我將帶走所有家當。我不在巴黎的期間，妳就負責照顧我的公寓。」

八天之後，瑪格麗特住進那棟鄉下的房子，而我則安身在破曉飯店。

於是開始了一段我要跟你特別描述的生活。

在埔吉瓦勒剛開始的一段時間，瑪格麗特還沒辦法完全改掉她從前的習慣，而因爲屋子裡老是筵席不斷，所有她的朋友都來看她；一個月內沒有一天瑪格麗特不是有八或十個人與她共餐。普郁冬絲帶來所有她認識的人，並且親自接待他們以及帶領他們參觀房子，好像這棟房子是屬於她所擁有的一樣。

所有這些都是公爵出錢付的，這個你應該很清楚，然而有時候普郁冬絲會來向我拿個千把塊法郎，她自己說這是瑪格麗特的意思。你知道我賭博贏過一些錢；於是我趕緊將瑪格麗特經由她向我開口的錢，交給普郁冬絲，生怕她比我更急需用錢。我在巴黎借來了一筆跟我先前借過的一樣的數字，而上回那筆我已如期並如數歸還了。

我手邊因而又有個萬把塊法郎，這還不算進去我每年固定會收到的那筆補貼呢。

不過瑪格麗特能夠接待朋友的這份喜悅，多少慰藉了她因此要多出開銷的心理壓力，而且特別是她有時不得不向我開口。公爵本來租這棟屋子是為了瑪格麗特可以在此休養，因為在這兒老是有一大夥尋歡作樂的人潮，公爵不想在衆人面前露臉，也就不再出現了。他原本希望一天過來單獨和瑪格麗特共進晚餐，老是在晚餐的時間遇到十五個賓客還在吃著午餐呢。就在他毫無心理準備的情況下，他打開了飯廳的門，一陣笑聲迎接他的到來，他只得被迫在一群尋他開心不禮貌的女子面前立刻逃之夭夭。

瑪格麗特離開飯桌，到隔壁房間找到公爵，並盡一切可能試圖讓他遺忘這場不愉快的經歷；但是這個老人因自尊受損，心中仍存有怒氣：他相當嚴酷地向這個可憐的女子說，他已經不願意再當冤大頭，為一個連在家裡都不知道尊重他的女人付錢了，然後拂袖而去。

自從這天之後我們就沒有再聽人提起他。瑪格麗特雖然遣散她所有賓客，改變她所有的習慣，公爵再也沒有任何音訊了。我自此贏得的是，我的情人更加完全地屬於我了，而我的夢想終於實現了。瑪格麗特再也不能沒有我了。因爲不用顧慮後果，她公開了我們的戀情，而我就再也不用離開她家。管家們管我叫先生，並且正式地把我當成他們的主人看待。

對於這段新生活，普郁冬絲特別對她曉以大義，要她不可以這麼公開我們的關係。但是瑪格麗特回答說她愛我，沒有我她活不下去，而且不管會發生什麼，她都不會放棄能夠一直跟我廝守的幸福，並且還說不樂於見到我們在一起的人就不要再出現好了。

這番話，是有一天普郁冬絲告訴瑪格麗特，有要緊的事要跟她溝通，我從她們密談的房門口聽來的。

一段時間之後，普郁冬絲又回來了。

她進來的時候，我在花園後頭。她沒有看見我。以瑪格麗特先前在她面前表現的態度，我幾乎確定這次跟我之前爲之驚訝不已的談話內容類似，而我想要再聽到一次。

這兩個女人關在一個小房間裡，而我則藏起來偷聽她們的談話。

「所以呢？」瑪格麗特問。

「所以？我見過公爵了。」

「他跟妳說了什麼？」

「他本來已經原諒妳了，但是他聽說妳公然和亞蒙．都瓦勒先生同居，這點他沒辦法原諒妳。『只要瑪格麗特離開這個年輕人，』他對我說，『我會像過去一樣供應她一切所需，要不然，她就應該不要再來向我開口。』」

「妳回答了什麼？」

「我說我會來跟妳溝通他的這項決定，而且我答應他會來說服妳。我親愛的好孩子，好好考慮，衡量妳現在所失去的，以及再也不能見到亞蒙之間孰重孰輕。他以全心愛你，但是他沒有足夠的財富來滿足妳所有的需求，而他終有一天還是得離開妳，到那時恐怕已經太遲，而公爵也不願再幫妳做任何事了。妳要不要我來告訴亞蒙？」

瑪格麗特顯然陷入了沉思，因爲她沒有回答。在等她回答的當中，我的心劇烈地跳動不已。

「不，」她說，「我不要離開亞蒙，而且我也不隱瞞跟他同居的事實。這樣做可能很傻，可是我愛他！妳要我怎麼辦？還有，現在他已習慣沒有阻礙地愛我；即使他被迫一天離開我一小時對他都太痛苦了。此外，我沒有多少日子可活了，又何必過得不幸福，又何必爲一個老人而活，光是看到他都會催人老呢。他還是留著他的錢吧；我不需要他的錢了。」

「但是妳打算怎麼辦呢？」

「我不知道。」

普郁多絲想必還要說什麼，但是我突然進去，而且我奔至瑪格麗特的足前，我因為被如此深愛而感動地哭濕了她的手。

「我的生命是屬於妳的，瑪格麗特，妳不再需要這個男人了，我不是就在這兒嗎？我絕不會拋棄妳，而我能稍稍為妳所給我的幸福而稍稍付出代價嗎？更重要的是，我的瑪格麗特，我們彼此相愛！其他的對我們還重要嗎？」

「啊！是的，我愛你，我的亞蒙！」她以雙臂抱著我的頸子，喃喃自語地說，「我愛你，這是我過去以為做不到的。我們會很幸福的，我們會過得很寧靜，而且我要永遠告別這段我現在想到都會臉紅的生活。你絕不會責怪我的過去，不是嗎？」

淚水塞住了我的聲音。我除了將瑪格麗特緊緊抱在懷裡之外，什麼也無法回答。

「這樣吧，」她轉身，以激動的聲音對普郁多絲說，「妳將這一幕說給公爵聽，而且妳加上一句：我們不需要他的幫助。」

打從這天起，就再也沒有公爵的問題。瑪格麗特再也不是我從前所認識的那個女孩。她避免所有會令我聯想起我認識她時的生活的一切話題。沒有任何一位妻子對丈夫或姊姊對弟弟能夠比得上她對我的愛和照顧。這種不正常的本質也表現在她所有的態度和情感上。她和所有的朋友斷絕往來，也斷絕所有的舊習慣，放棄了思維表達方式，也不再像從前那麼樣揮霍。當人們看到我們外出搭乘我買來的迷人的小船出遊，他們絕沒有想到這位身穿白洋裝，戴著大草帽，並且罩著簡單的絲質透明外衫，露出潔白皮膚的女人，會是四個月前大擺筵席並鬧醜聞的這位瑪格麗特·苟蒂耶。

老天爺！我們匆忙趕著過幸福日子，好像我們已經猜到不能幸福太久似的。

兩個月來我們甚至連巴黎都沒去過。沒有人來看我們，除了普郁多絲，以及我跟你提過的茱麗·都普哈，瑪格麗特之後交給她我現在手邊這本感人的自述。

白天我完全是陪在我情人的身旁。我們打開視野面向花園的窗子，並且看著夏日突然快樂地降臨在奔放的花叢裡和樹蔭下，我們彼此仰息在這種我和瑪格麗特直到那時都還以爲置身在夢幻中的眞實生活。

這個女人對微不足道的事物仍保有孩童般的驚嘆。有好幾天她都在花園裡追逐著蝴蝶或蜻蜓，活像一個十歲的小女孩。這位風塵女子，她曾在買花束上所花的錢比一整家人的生活費還多，現在她在一個小時內，試著在草坪上認出一種她叫得出名字的花。

就在這段期間，她經常閱讀《瑪儂·勒絲蔻》這本書。我很訝異她對這本書做過幾次評語：她總是跟我說，當一個女人在戀愛中，她便無法做到瑪儂所做的。

公爵寫過兩、三封信給她。她一認出筆跡便連看也不看就交給了我。這幾封信裡的詞句，有幾次都令我感動得熱淚盈眶。

他以爲只要停止供應瑪格麗特的花費，就能讓她回頭。但是當他發現這個方法無效，他又沒辦法失去她；他於是寫信，像以往那樣，請求准許他再回來看她，不論挽回她的條件是什麼他都會同意。

於是我在讀過這些緊急、重複再三的信之後，我便撕毀了，沒有告訴瑪格麗特信裡的內容，也沒有建議她再見這位老人，雖然我對這位可憐男人內心的痛楚有著一股同情。但是我生怕她以爲我建議她再接待老公爵，是想又讓他來付房子的租金；我也擔心她以爲她在全心愛我之後，我卻推諉照顧她的責任。

結果是，公爵在收不到回音之下停止寫信了，而我和瑪格麗特，我們繼續生活在一起，對未來毫不留意。

第十八章

要跟你描述我們的新生活的細節，是頗困難的事。她爲我們編造了一堆很孩子氣又溫馨的生活點滴，但是對於聽者卻一點也不重要。你知道愛一個女人是怎麼一回事，你知道如何縮短白晝的方式，而且也清楚戀愛中的慵懶常常就將我們輕易地帶往第二天。熱烈、信任、分享的愛情，使人忘記所有的事情。除了自己愛戀的女人之外的一切生物，似乎都是我們世界中無用的存在。我們甚至於遺憾在認識她之前曾經分了一點心給別的女人，而且我們看不出有任何可能讓我們握住她的手有片刻的空閒。腦子既不允許我工作也不讓我回憶，只能全然專注在無止境的奉獻給她的唯一想法。每一天我們都會在情人身上發現一種嶄新的魅力，一股未知的誘惑。

存在本身只是重複實現不停的情慾，靈魂只是負責維護愛情聖火的女祭司。

經常在夜晚來臨時，我們去坐在籠罩房子的小樹林裡。在那裡，我們聽見夜晚愉悅的和音，兩人都想著下一刻就能帶領我們到達次日的夜晚，然後醒來時我們彼此擁抱著對方。其他時候我們整天都待在床上，甚至不讓陽光滲入我們的臥房。窗簾密不透風地闔上，而外面的世界也爲我們稍稍靜止了。只有娜婷有權利打開我們的門，但只是爲了給我們送吃的；我們用餐時也沒有離開過床鋪，而且一邊吃一邊不停地大笑大鬧。之後便是片刻的睏倦，因爲消失在我們的愛情中，我們就像兩個執著的潛水者，只有在換氣時才會回到水面。

不過有時我很驚訝地看見瑪格麗特悲傷甚至掉淚；我問她這股惆悵因何而來，而她回答我說：

「我們的愛情並不是平凡人的愛情，我親愛的亞蒙。你愛我的程度就好像我從來不屬於任何男人，我害怕稍後你會懊悔不該愛我並且對我的過錯興師問罪，我不得不被逼得重回你認識我時的生活。想到現在我品嘗了新生活的好滋味，如果回到過去的生活我會活不下去。所以請你告訴我，你絕不會離開我。」

「這我敢向妳發誓！」

聽到這句話，她注視著我，好像在我的眼裡檢視我的誓言是否眞摯似的，然後她投入我的懷抱，並將頭埋入我的胸膛，她對我說：

「你並不知道我有多麼愛你！」

有一個夜晚，我們並肩站在窗前的陽台上，我們望著似乎輕易自它的雲床出來的月亮，而且我們聽見風勁力拂動樹梢的聲音，我們互相挽著手，差不多有一刻多鐘我們不說一句話，直到瑪格麗特對我說：

「這個冬天，你要跟我去旅行嗎？」

「要到哪裡呢？」

「到義大利去。」

「妳覺得無聊囉？」

「我害怕冬天，尤其害怕我們要回到巴黎。」

「爲什麼？」

「因爲很多事情。」

然後她沒有告訴我她害怕的理由，而突然又說：

「你要走嗎？我將賣掉我所有的東西，我們到那兒生活，過去與我無干無涉，也沒有人知道我是誰。你要這樣嗎？」

「瑪格麗特，如果這樣能令妳開心的話，我們就走吧，讓我們去旅行吧！」我對她說，

「但是怎麼有必要賣掉這些讓妳回來看了都會高興的家當？我沒有足夠的財力長期住在那

裡，但是讓我們旅行個五、六個月還綽綽有餘，如果這樣能讓妳稍稍開心的話。」

「那麼，不用了，」她接著說，一邊離開窗戶並去坐在房間陰暗處的沙發上。「又何必到那裡多花錢？我在這裡已經花了你夠多錢了。」

「瑪格麗特，妳是在怪我不大方囉。」

「對不起，親愛的，」她牽著我的手說，「這種壞天氣容易讓我脾氣不好，而我並沒有說清楚我所想說的。」

然後，在吻了我之後，她便陷入漫長的沉思。

類似的情景發生過好幾次，而如果我不清楚事情發生的緣由，我便無法知道那是出自瑪格麗特對於未來的不確定感。她不可能懷疑我的愛情，因爲我對她的愛與日俱增，然而我經常看到她垂頭喪氣，她卻從來不跟我解釋悲傷的原因，更何況還有身體健康的因素。

由於擔心她會因太過單調的生活而心生厭倦，我建議她回巴黎，但是她總是拒絕這項提議，並且跟我強調沒有其他地方比鄉下令她更幸福的了。

普郁冬絲沒有再那麼常來了，不過，相反的，她卻寫了幾封信過來。雖然每回瑪格麗特在看過她的信之後都陷入深深的沉默，我也沒有請求看這些信的內容，我只能憑想像了解。

有一天瑪格麗特待在臥房裡。我進去時，她正在寫信。

「妳寫信給誰？」我問她。

「給普郁冬絲，你要我唸出來我所寫的嗎？」

我不喜歡被以為在懷疑，我於是回答瑪格麗特說，我不需要知道信的內容，不過，我因而確定，這封信使我找到了令她傷心的眞正原因。

翌日，天氣好極了。瑪格麗特跟我提議要搭船出遊，並且要去造訪夸希島。她顯得出奇地愉悅。我們回來的時候已經五點了。

「都婉娜夫人來過了，」我們一進門，娜婷便說。

「她走了嗎？」瑪格麗特問。

「是的，她搭了女士您的座車；她說這是講好的。」

「很好，」瑪格麗特有些不悅地說，「有人要幫忙我們。」

兩天以後來了一封普郁冬絲的信，然後有半個月瑪格麗特原先神祕的憂愁似乎不見了，自從她重拾歡笑之後，她不停地跟我陪不是。

然而馬車就再也沒回來過。

「爲什麼普郁冬絲沒有還給妳馬車呢？」有一天我問。

「有一匹馬生病了，同時馬車有些地方需要修理。最好是趁我們還在這邊的時候處理，在這兒我們用不著馬車，等我們回巴黎再說。」

幾天之後，普郁冬絲過來探望我們，並且證實了瑪格麗特所跟我說的話。

這兩個女人單獨地在花園裡散步，而當我去跟她們碰頭時，她們便改變了話題。

到了晚上，普郁冬絲要走之前叨唸著說她很冷，並請求瑪格麗特借給她一件喀什米爾毛衣。

一個月就這樣過去了，這期間瑪格麗特從來都不曾這麼快樂跟溫柔過。

由於馬車一去不回，喀什米爾毛衣也無下文，這一切都不禁令我納悶，而因爲我知道瑪格麗特把普郁冬絲的那幾封信放在哪個抽屜，我趁她在花園後頭的時候，我跑到抽屜前，試圖要打開來看；但是我白費心了，抽屜被上了兩道鎖。

於是我搜索平時放珠寶和鑽石的地方。那兒反而沒有上鎖，但是所有珠寶盒都不見了，當然裡面的寶貝也跟著不見了。

一股撕心欲裂的恐懼窒息了我的心扉。

我想去向瑪格麗特問個明白，但是她鐵定不會坦白說的。

「我的好瑪格麗特，」於是我對她說，「我是來請求妳准許我到巴黎一趟。大家不知道我是否在家，而應該有我父親的信寄來；他想必很擔心，我得回信給他。」

「去吧，親愛的，」她對我說，「但是早點回來。」
我離開了。
我立刻奔向普郁冬絲家。
「這麼著，」我連開場白都省了，直截了當對她說，「請老實回答我，瑪格麗特的馬到哪兒去了？」
「賣掉了。」
「喀什米爾毛衣？」
「賣了。」
「鑽石呢？」
「典當了。」
「誰買了跟收了當品？」
「是我。」
「爲什麼妳不事先通知我一聲？」
「因爲瑪格麗特不准我這麼做。」
「那爲什麼妳不來向我開口拿錢？」

「因爲她不願意向你要錢。」

「這些錢是要做什麼用的？」

「償債用的。」

「所以她欠了很多債囉？」

「還欠三萬多法郎。啊！我親愛的朋友，我以前沒告訴過你嗎？你就是不相信我的話；瞧，現在，你終於相信了吧。壁紙工去找公爵要帳款，他一到公爵家便被擋在門口，次日公爵寫信告訴他不會爲苟蒂耶小姐義務還債。這個人直接找到我們要錢，我們分期償還，我跟你要過幾千塊法郎；然後，風塵女子的圈內人警告他說，他的債務人被公爵拋棄，現在跟一個窮小子同居；其他債權人也都找上門來了，他們要求還錢或給抵押品。瑪格麗特想賣掉所有家當，但是已經沒有時間了，此外我也不贊成。由於要付的錢不少，又爲了不跟你開口要錢，她於是賣掉了馬匹、喀什米爾毛衣並典當了珠寶。你要看買主的收據和當舖的典當單嗎？」

然後，普郁冬絲打開一個抽屜，拿出這些單據給我看。

「啊！你相信了吧，」她以理直氣壯的語氣繼續說，「我之前說得沒錯！啊！你以爲只要相愛，只要到鄉下過輕快的田園生活就夠了嗎？不是的，我的朋友，不是的。除了理想的生活之外，還有物質的生活，再貞節的愛情誓言碰到些微物質生活的阻礙也一樣會瓦解，更何況這股現實的力量往往是固若金湯。如果瑪格麗特沒有背叛你個二十次，是她與衆不同。我跟她出主意也沒有什麼錯，因爲看著這可憐的少女失去所有的東西，眞令我心疼。她不要背棄你！她回答我說她愛你，並且不會因爲世上的任何事背叛你。所有這些都很美、很詩意，但是憑這份堅貞的愛情並不能償還債權人，而今天她不能再拖延逃避了，除非她能找到三萬多法郎，我再重複一次。」

「那麼，我來付這筆錢吧。」

「你要去借嗎？」

「我的天呀，是的。」

「你這樣只是弄巧成拙而已；你會跟你老爸鬧翻了，斷了你的後路，這樣第二天也找不到三萬法郎。相信我，我親愛的亞蒙，我比你更了解女人；別做這種傻事，否則有一天你會後悔的。明理一點。我並非叫你離開瑪格麗特，而是像你們夏天剛開始時那樣的生活方式跟她相處。讓她找辦法突破困境。公爵會慢慢回到她身邊。N伯爵，他昨天還在跟我提，如果她接納他的話，他會爲她還清債務，並且會給她每個月四或五千法郎。他每年有兩百萬的利息收入。這樣的安排對她最好，反正你終究會被迫離開她的；別等到你傾家蕩產，再說這位

N伯爵是個笨傢伙，你照樣可以當瑪格麗特的情人。她剛開始會傷心掉淚，但是她終究會習慣的，而且有一天她還會感激你所做的呢。就當作瑪格麗特已經結婚，而背著丈夫跟你交往，就是這麼回事。

「我曾經跟你說過這個道理一次，只是在這個節骨眼，這已不只是個忠告，現在幾乎是非這樣不可了。」

普郁冬絲說得有理得要命。

「我要說的是，」她收起剛給我看過的文件，繼續說，「風塵女子一向都盤算別人會愛上她們，但她們絕不會去愛別人，這樣她們才能把錢攢下來，到了三十歲才能找個純粹談感情的情人。如果我早知事情會演變成這樣，我啊！最後，什麼也不必對瑪格麗特說，直接把她帶回巴黎就是了。你已經跟她單獨過了四、五個月，這已經夠久了；就睜一隻眼閉一隻眼吧，這就是你所要做到的。再過十五天她將接受N伯爵，今年冬天她存點錢，明年夏天你們又可以到鄉下度假。親愛的朋友，我們就這麼做吧！」

普郁冬絲興致勃勃提出的建議，卻被我憤怒地回絕了。

不僅我的感情和自尊都不允許我這麼做，也因為我相信以她現在的處境，瑪格麗特寧可死也不願再重操舊業的。

「眞是愛說笑！」我對普郁冬絲說，「瑪格麗特到底需要多少錢？」

「我跟你說過了，三萬多法郎。」

「什麼時候需要？」

「兩個月內。」

「她會有這筆錢的。」

普郁冬絲聳了聳肩膀。

「我會把這筆錢交給妳，」我接著說，「但是妳要跟我發誓，妳不會告訴瑪格麗特說是我交給妳的。」

「放心好了。」

「而且如果她交給妳其他東西要賣或要典當，請通知我。」

「不用擔心這個，她已經沒有剩下什麼了。」

我先回到我家看有沒有我父親寄來的信。有四封他寄來的信。

第十九章

在前三封信內，我父親因爲我沒有了音訊而擔心不已，並且問我何以不回信的理由；在最後一封信中，他要我不要隱瞞了，因爲他聽人家說我的生活改變了很多，並且會通知我他什麼時候會來巴黎。

我一向十分敬重並且眞摯地敬愛我的父親。我於是回覆他說，我因爲一趟旅行而沒能回信給他，我請求他告知我他哪一天抵達巴黎，我好親自去接他。

我將我在鄉下的地址給了我的管家，交代他父親的信一抵達便給我捎來……然後我便馬上回到埔吉瓦勒。

瑪格麗特在花園的門前等候我的歸來。

她的眼神流露出不安。她奔進我的懷裡，並且忍不住問我說：

「你見到了普郁冬絲嗎？」

「沒有。」

「你不是在巴黎待了好久？」

「我收到我父親寄來的好幾封信，我得要回信給他。」

過了一會兒，娜婷上氣不接下氣地進門。瑪格麗特站起來並過去跟她低聲說話。等娜婷出門之後，瑪格麗特又坐靠近我並拉著我的手說：

「你爲什麼隱瞞我？你去過普郁冬絲家？」

「誰告訴妳的？」

「娜婷。」

「她從何得知？」

「她一路跟蹤你。」

「所以是妳要她跟蹤我的？」

「是的。我認爲一定有一個強大的動機讓你這麼專程去一趟巴黎，這四個月來你寸步也沒有離開過我。我擔心你發生了什麼不幸的事，或者你可能是去見另外一個女人。」

「眞是孩子氣！」

「我現在安心多了，我知道你做了什麼，但是我還不知道人家跟你說了什麼。我想要知道的是，爲什麼你要去普郁冬絲家？」

「爲了去看看她。」

「親愛的，你說謊。」

「那麼，我是去問她那些馬有否好一點了，而且看看她是否還需要妳的喀什米爾毛衣，還有妳的珠寶。」

瑪格麗特滿臉通紅，但是她沒有回答。

「所以，」我繼續說，「我知道妳怎麼處置妳的馬匹、喀什米爾毛衣和鑽石了。」

「那你生我的氣嗎？」

「我生氣妳需要幫忙時怎麼沒想到來向我開口。」

「像我們的這種關係，如果那個女人還有一點尊嚴的話，她就應該盡可能犧牲而不是向她的情人開口要錢，否則無非是爲愛情平添了銅臭味。你愛我，我確定這一點，但是人們對我們這款女子的愛情是多麼不穩定啊。誰知道呢？也許曾經有一天因爲麻煩或無聊時，你也想過我們的關係是我事先預謀好的呢！普郁冬絲是個多嘴的人。我哪裡需要這些馬匹啊！我賣掉牠們反而省錢；我眞的不需要啊，同時我也不用再爲牠們花錢了；只要你愛我就是我所要的了，而且雖然沒有馬匹、沒有喀什米爾毛衣，以及沒有鑽石，你還是會愛我的。」

她說這些話時語調是如此自然，以至於我邊聽邊掉眼淚。

「不過，我寶貝的瑪格麗特，」我深情地握緊我情人的雙手，並且回答，「妳早應想到遲早有一天我會知道妳做這樣的犧牲，而且我一旦知道了，我便無法忍受。」

「爲什麼會這樣呢？」

「親愛的小女生，因爲我不願意妳爲了愛我連珠寶都要被剝奪。我也不要妳在過去任何麻煩或無聊的時刻，妳曾想過如果妳跟別人在一起便不會落到這種下場，而且妳曾後悔跟我生活在一起，即使妳只有這種念頭一分鐘都會令我難受。過幾天之後，妳的馬匹、鑽石和喀什米爾毛衣都會回到妳身邊。它們和空氣都是妳生活中的必需品，我這麼做也許荒唐，但是我寧可奢華地愛妳也不要寒酸。」

「所以也就是說你不再愛我了。」

「妳別說傻話了！」

「如果你愛我，你會讓我以我的方式去愛你；相反的，你老是認爲我是非要這些奢侈品不可的小女孩，而且你總是認爲應該讓你來付錢。你恥於接受我愛你的證明。就算你多不願意，你還是想過有一天要離開我，而且你巧妙地掩飾了你的想法。我的朋友，你說得對，但是我本來不是這麼想的。」

然後瑪格麗特作勢要站起來；我拉回她坐下並告訴她說：

「我想要妳過得幸福，而且不要妳對我有所埋怨，就是這樣而已。」

「那麼我們分手吧！」

「爲什麼，瑪格麗特？誰能將我們分開？」我吶喊。

「就是你，你不允許我體諒你的立場，你的虛榮心要我跟過去一樣；就是你，你要保留我過去生活所賴的奢侈品，你要保留將我們隔絕的心理距離；你還是不相信我對你的感情是純粹而不貪圖你的錢財，我們本可照我的方式很幸福地生活在一起，你卻寧可傾家蕩產，你成爲你荒唐偏見的奴隸。所以你以爲我將馬車、珠寶拿來跟你的愛情做比較？你以爲當我什麼人都不愛的時候，我的幸福是存在於虛榮之中，但是當我有所愛時這些虛榮便成了小氣？你要爲我償還債務，你高估了財力而你終究得要包養我！這樣的生活你能夠撐多久？頂多二或三個月，然後到時要想過我建議你的生活就爲時太晚了，因爲你得接受我整個人，而這是有榮譽感的男人做不到的事。趁現在你有八千或一萬法郎的利息收入我們還可以生活。我將賣掉我剩餘的家當，而這筆所得將可以讓我每年收入兩萬法郎。我們去租一間小巧的公寓，兩人廝守在一起。夏天，我們回到鄉下來，不是住在像這樣的房子，而是足夠兩人住的小房子。

「你已經獨立，而我也是自由之身，我們都很年輕，看在上帝的分上，亞蒙，別把我丟回我過去被迫要過的皮肉生活。」

我無法回答，感激和愛情的淚水奪眶而出，於是我奔向瑪格麗特的懷抱。

「我本來想，」她又說，「安排好所有的事情而先不告訴你，付清我所有的債務並且預備好我的新公寓。十月一到，我們便可以回到巴黎，然後我將一切告訴你；但是既然普郁冬絲全都對你說了，就得讓你事先同意，而非事後同意——你這樣夠愛我了吧？」

要抗拒這麼樣的犧牲是不可能的。我熱烈地親吻瑪格麗特的雙手，而且我跟她說：

「我會遵照妳的意思去做。」

她決定的事情於是達成了共識。

然後她竟然樂昏了頭了：她跳舞、唱歌，她已經徵詢我關於新公寓地點和室內擺設的意見，並因此爲它的單純而高興不已。

我看到她這麼開心，我也因這個決定而感到驕傲，似乎我們終於可以彼此廝守在一起了。

還有，我不要在金錢方面虧欠她。

一時之間，我決定了我的人生方向。我做了我的財務計畫，而且我打算將繼承自母親的那筆利息收入交給瑪格麗特，而我這麼做對我來說似乎還不足以補償她爲我所做的犧牲呢。我還是有我父親每年給我的五千法郎，而且，不管未來的日子如何，我的這筆年金都夠我生活了。

我並沒有將我所決定的事告知瑪格麗特，我確定她也不會接受這筆贈與的。這筆利息是來自我從沒見過的一棟房子的出租押金六萬法郎。我所知道的是，每三個月一到，我父親的代書，也是我們家的老友，他會來交給我該我所得的七百五十法郎。

我趁瑪格麗特跟我來巴黎找公寓的那天，我去了代書那裡，並且請教他要用什麼方法將這筆利息收入轉讓給另一個人。

這位單純的好好先生眞的以爲我破產了，問了我關於這項決定的原因。再說，我遲早都得告訴他我要將這筆錢贈與誰，我寧可馬上告訴他實情。

他不論站在代書或朋友的立場都不反對我這麼做，並且向我保證會以最完善的方式處理。

我很自然地建議他對我父親不要提起這件事，然後我便去跟等在茱麗・都普哈家的瑪格麗特會合，她寧願去茱麗家也不願去聽普郁多絲訓話。

我們開始找出租的公寓。所有我們看過的，瑪格麗特都嫌太貴了，而我，則嫌它們太簡陋了。不過我們最後達成了共識，我們在巴黎最安靜的地區之一，找到和一棟大別墅分隔而獨立的小度假別墅。

在這棟小別墅的後頭有一片迷人的花園，花園是屬於小別墅所有，四周的圍牆夠高足以跟我們的鄰居區隔，然後又不會太高而擋住視野。

這遠超過我們的期待。

在我回家準備退掉我的公寓時，瑪格麗特告訴我說要去見一個生意人，他幫過她的一個朋友處理過家當，她也預備請他幫她這麼做。

她回到普羅旺斯街跟我碰頭時，十分開心。這個生意人答應幫她償還所有債務，並且答應給她一張債務的切結書，還承諾以兩萬多法郎買下她所有家具。

你看過拍賣會的家具價格，所以你知道這個生意人起碼在他客戶身上多賺了三萬多法郎。

我們雙雙興高采烈地回到埔吉瓦勒，並且繼續商量我們未來的計畫，多虧我們的不知天高地厚，尤其是多虧了我們的愛情，我們在所有色彩中只看到最金黃的顏色。

八天之後，我們正在吃午餐時，娜婷過來通報我說，我的管家找我。

我讓他進來。

「先生，」他跟我說，「你父親到巴黎來了，他請你立刻回家，他在那兒等候你。」

這個消息是世上再單純不過的事了，然而，聽到這個消息時，瑪格麗特和我都互相看著對方。

我們都猜到在這事件中隱藏了不幸。

還有，不等她說出我也有同感的想法，我握著她的手回應她：

「不要怕。」

「你盡量早點回來，」瑪格麗特親吻我並小聲說，「我會在窗邊等候。」

我請喬瑟夫去通報我父親我馬上過來了。

事實上，十小時之後，我才到普羅旺斯街。

第二十章

我父親穿著家居衣服，坐在我的客廳寫信。當我進門時他抬眼看我的樣子，我立刻明白他有要緊的事問我。我還是走近他，好像我並沒有察覺到他的臉色，並且我親了他：

「老爸，你什麼時候到的？」

「昨天晚上。」

「你在我家過夜，跟往常一樣？」

「是的。」

「我很遺憾沒能在此迎接你到來。」

我期待聽到這句話之後我父親的臉色會突然變得生冷；但是他沒有回答什麼，封上他剛寫好的信，並交給喬瑟夫幫他郵寄。

我們父子單獨在屋內抽菸，我的父親站起身來，倚靠在壁爐邊對我說：

「我們有要緊的事要談。」

「老爸，我洗耳恭聽。」

「你答應我要坦白？」

「我一向如此。」

「你果眞跟一個名叫瑪格麗特．苟蒂耶的女人同居？」

「是的。」

「你知道這個女人過去是做什麼的嗎？」

「是個風塵女子。」

「你今年就是因爲她而忘了回來看我們，你妹妹跟我？」

「是的，老爸，我承認。」

「那麼你很愛這個女人囉？」

「老爸，你說對了，我是因爲她而耽誤了這項該盡的神聖任務，今天我要謙卑地請求你的原諒。」

我父親想必沒有料到我的回答會這麼篤定，因爲他顯然思索了一下，之後他對我說：

「你想必了解你不能老是這樣過日子？」

「我擔心，老爸，但是我不了解。」

「但是你應該要了解，」我父親以一種稍微不悅的口吻繼續說，「我呢，我則無法忍受。」

「我自忖我不會做出有辱你名姓和誠實家風的事來，我會依照我的想法去過日子，這種信念稍稍使我免於所有的恐懼。」

激情在對抗情感時更爲有力。爲了保有瑪格麗特，我已胸有成竹要面對挑戰，即使對方是我的父親。

「所以，改變生活方式的時刻到了。」

「啊！老爸，爲什麼？」

「因爲你此時正在做有辱家門的事。」

「我不懂這些話的含義。」

「我來跟你解釋這其中的含義。你有個情人，那是件好事；你爲了愛一位風塵女子，像一個殷勤的男人那般付錢給她，也無可厚非；但是你因爲她而忘記最神聖的事情，你竟然讓你的醜聞傳到我的家門口，而辱沒了我給予你的尊貴的姓氏，這是不容許的事，將來也不會容許的。」

「老爸，請容許我跟你解釋，你聽到關於我帳戶的事是誤傳了。我是苟蒂耶小姐的情人，我跟她住在一起，這是世上再單純不過的事。我並沒有讓苟蒂耶小姐冠你給我的姓，我爲她花費的錢都在我的能力範圍之內，我並沒有負債，同時我也找不出有任何瑕疵足以讓一個父親跟他兒子說出你剛剛對我說的那番話。」

「一個做父親的一向都有權利阻止他的兒子走上邪途歪道。你還沒有做出什麼壞事，但是你遲早會做的。」

「我的老爸啊！」

「先生，我的人生歷練比你豐富得多了。只有最純潔的女人才會有完全純眞的感情。多的是女人像小說中的瑪儂，也多的是男人像愛上她的男主角，沒什麼了不得的，同時時代和風俗民情也改變了。如果人不能端正自己的行爲，年紀徒增也不管用。你得要離開你的情人。」

「我非要你遵從不可。」

「我恨自己不能從命，老爸，這是不可能的事。」

「老爸，很不幸的，風塵女子被派往聖瑪格麗特群島的情況已不存在了，而且，如果還是有的話，我在那兒依然會追隨著苟蒂耶小姐，如果你得知她會被派遣過去的話。你要我怎麼辦？我也許錯了，但是除非我能跟這個女人在一起，否則我不會快樂的。」

「聽著，亞蒙，睜開你的眼睛，看清楚一向深愛你的老爸，他就只要你過得幸福。跟一般人一樣和正當的少女結婚生活在一起，對你來說不是很體面嗎？」

「老爸，就算已經沒有人願意跟風塵女子廝守，有什麼關係！如果這個女人愛我，如果她已經洗心革面而我們又彼此相愛的話，又有什麼關係！如果她最終有了澈底的轉變，又有什麼大礙！」

「唉！先生，所以你認爲一個正人君子的任務就是開導風塵女子從良嗎？所以你認爲上帝給予你如此可笑的人生目標，而且心靈除此之外沒有別的熱情？這種生活的後果會怎麼樣，還有，到了你四十歲時，你會怎麼看待你今天所說的話？你將會嘲笑你這份愛情，如果你那時還能夠笑得出來，如果這段生活沒有在你的過去留下太深的痕跡的話。如果你老爸當年也有你這種想法，也因爲這些感情的糾葛而放棄生活，而不是以誠信和忠實的想法好好經營人生的話，你此刻又怎麼會在這裡？亞蒙，好好思索一下，同時也不要再說這種傻話。聽我說，你離開這個女人，做老爸的懇求你。」

我什麼話也沒有回答。

「亞蒙，」我父親繼續說，「看在你母親的分上，相信我，放棄這段生活，你會遺忘得比你想像得要快，你堅持這段生活的理由太薄弱了。你已經二十四歲了，要多想想未來。你不可能一直愛這個女人，她也不會一直愛你的。你們兩人都誇張了你們的愛情。你在斷送你自己的前途。只差一步，你便再也無法回頭，而且你將終生遺憾你荒廢的青春歲月。離開巴黎，回來跟你的妹妹相處個一或兩個月。休養和家庭的眞愛很快便能治癒這股傷痛，因爲這沒什麼大不了的。

「在這段時期，你的情人會調適她自己，她會接受另一位情人，到時候你便會慶幸你沒有因爲她而差點與你老爸斷絕父子情誼，你會說幸虧我及時拉你一把，而且你還會感謝我呢。

「所以，你會離開她了吧，不是嗎，亞蒙？」

我覺得我父親所說的話適用於所有女人，卻不適用瑪格麗特。然而他最後一段話的語調那麼溫柔，那麼低聲下氣，使得我不敢頂嘴。

「嗯，老爸，我什麼都不能承諾你；」我終於說話了，「你要求我做到的事遠超過我的能力範圍。相信我，」我看著他露出不耐煩的表情，我繼續說，「你誇大了這份感情的後果。瑪格麗特不是如你所想的那樣。這份愛情，不僅不會讓我步入歧途，相反的，還能激發我內在最高潔的情操。眞愛始終都能引人向善，不管激發我們眞愛的女人是誰。如果你認識瑪格麗特，你就會了解我不是無端的堅持。她跟最高貴的女人一樣高貴。其他女人還可能是拜金主義者，她卻視金錢為敝屣呢。」

「即使她這麼聖潔也免不了要接受你所有的財富吧，因為你繼承自你母親的六萬法郎，你全數都要給她，請記得我告訴你的話，這筆錢是你唯一的財富。」

我父親可能是保留了這最後一步作為威脅我就範的武器。

我在他的威脅之下比在他的哀求之下還要來得堅定多了。

「是誰告訴你我要為她放棄這筆繼承？」我問。

「我的代書。像他這種老實人在處理這樣的事時怎麼可能不先知會我？所以呢，我是為了不讓你因為一個女人破產才特地來了巴黎。你母親臨終時留給你的錢是讓你清清白白過活用的，而不是要給你慷慨散財給情人們用的。」

「老爸，我跟你發誓，瑪格麗特並不知道這項贈與。」

「那麼你為什麼要贈與她這筆錢呢？」

「因為這個你抹黑她並且要我離棄她的女人，瑪格麗特為了跟我生活在一起，犧牲了她所擁有的財物。」

「而你接受了這份犧牲？所以你是什麼樣的男人，先生，竟然允許一位瑪格麗特小姐為你做這種犧牲？好了，夠了。你離開這個女人。剛才我是懇求你，現在我要命令你；我不要我的家族蒙羞。整理好行李，並準備跟我回去。」

「老爸，請原諒我，」我於是說，「我不離開。」

「因爲？」

「因爲我已經到了可以不接受命令的年齡了。」

我父親聽到這樣的回答，他臉色都白了。

「很好，先生；」他又說，「我知道接著我能做什麼了。」

他按了鈴。

喬瑟夫出現了。

「請將我的行李送到巴黎旅館，」他對我的管家說。同時他進到他的臥房更衣。

在他又出來客廳時，我走到他面前。

「老爸，」我對他說，「你能允諾我不要做出讓瑪格麗特痛苦的事嗎？」

我父親停頓了一下，漠然地望著我，然後硬打起勁來回答我說：

「我想，你瘋了。」

說完，猛力地關上門走了。

我也接著出門，我搭乘一輛兩頭輕便馬車前往埔吉瓦勒。

瑪格麗特在窗欞旁等候我的歸來。

第二十一章

「終於！」她奔向我的懷抱並驚叫著，「你回來啦！你的臉色怎麼這麼蒼白！」於是我把跟我父親見面的情景講給她聽。

「啊！我的天啊！我料到會這樣，」她說，「當喬瑟夫來跟我們宣布你父親來巴黎的時候，我顫抖得好像聽到了不幸的消息似的。我可憐的朋友！是我讓你受這麼多的委屈。也許你離開我會比跟你父親斷絕關係要來得好。不過我並沒有做對不起他的事。我們的日子過得很平靜，我們即將過更加平靜的生活。他很清楚你到了該有女朋友的年齡，而且他應該很高興你是遇到了我，因為我眞心愛你而且也不貪圖你目前能力不及的物質享受。你告訴他我們未來的計畫了嗎？」

「是的，但是這更令他火大，因為他在這個決定中看到我們彼此相愛的證明。」

「那怎麼辦呢？」

「我心愛的瑪格麗特，我們要廝守在一起，並等待風暴過去。」

「它會過去嗎？」

「它應該會過去的。」

「但是你父親會因此罷休嗎？」

「妳認爲他會怎麼做呢？」

「我怎麼會知道呢？一個父親所能做到讓他兒子從命的事。他會提醒你我的過去並且會舉發我的某件新聞好讓你離棄我。」

「妳很清楚知道我愛妳。」

「我知道，但是，我也知道，兒子遲早都會順從父親的，而且你最後也許也會被說服的。」

「不會的，瑪格麗特，是我要來說服他。都是他某些朋友的閒言閒語惹得他生這麼大的氣的；但是他是個好人，正直的人，他會回到他原來的好心腸。而且，反正我也不在乎這些！」

「亞蒙，不要這麼說，我最厭惡被認爲是我讓你跟你的家人決裂的。今天就讓它過去吧，然後你明天回到巴黎。你父親說不定已經能夠體諒你的立場了，然後你們可能會相處得比從前更融洽。不要觸犯他的原則，要表現出跟他的想法有妥協的餘地；要顯得沒有這麼喜歡我的樣子，這樣他就會讓事情慢慢過去。我的朋友，期望你能確定一件事，那就是，不論發生什麼事，你的瑪格麗特都不會離開你。」

「妳可以跟我發誓嗎？」

「我還需要跟你發誓嗎？」

聽到我們所愛的人說服勸告的聲音，是多麼溫柔悅耳啊！瑪格麗特跟我，我們整日都在重談我們未來的計畫，就好像我們體會到有更快實現計畫的必要。我們每一分鐘都在等待會有什麼事發生，但是幸好一整天都在無聲無息中過去了。

翌日，我十點出發，然後快中午時到了旅館。

我父親已經出去了。

我回到我家，希望他也許會在那裡。沒有人過來。我去了代書那裡。沒有人在。

我又回到旅館，然後一直等到六點。都瓦勒先生都沒有回來。

我又回到埔吉瓦勒。

我見到了瑪格麗特，她不再像前晚那樣等候我，而是坐在這個季節已經需要的火爐邊。

她深深沉湎在她的思緒中，連我挨近她的沙發椅時她都沒有聽到也沒有轉頭。在我親吻她的前額時，她顫抖了幾下，好像這個吻突然將她喚醒似的。

「你嚇死我了，」她對我說，「你老爸呢？」

「我沒有看到他。我不知道這是怎麼一回事。他既沒有在他家，也沒有在幾個他可能會去的地方。」

「那麼，明天再找找看吧。」

「我想要等在這裡看明天會發生什麼。我想，我已經做了所有該做的事了。」

「不對，我的朋友，這還不夠，你得要回到你老爸下榻的旅館，特別是明天。」

「爲什麼是明天，不能改天嗎？」

「因爲，」瑪格麗特聽到這個問題之後似乎有點臉紅，「因爲你積極想與他溝通的誠意，會讓他更容易原諒我們。」

這一天接下來的時間，瑪格麗特都顯得很憂慮、心不在焉、悲傷的樣子。我跟她講每一句話都得要重複兩次才能得到她的答覆。兩天前發生的事最後會造成什麼後果，著實令她憂慮不已。

我安慰了她一整夜，第二天她極度不安地催促我上路，我自己也說不上來爲什麼她會這樣。

跟前一天一樣，我父親還是不在；不過，他在出門時留給我這封信：

「如果你今天又過來看我的話，請等我到四點；如果四點時我還沒有回來，明天回來跟我共進晚餐：我得跟你談談。」

我等到所約定的時間，我父親並沒有出現。我後來就離開了。

前一晚我覺得瑪格麗特很悲傷，這一天她則是焦躁不安。她一看到我進門，便奔進我的懷抱裡，但是卻在我懷裡哭泣了很久。

我問她為什麼突然這麼傷心，她傷悲的程度令我很驚愕。她並沒有正面回答我的問題，而像一個女人不想說實話時都會隨便搪塞個理由那樣，她也是顧左右而言他。

等她略微平靜之後，我跟她述說了我此行的結果；我給她看了我父親信裡的內容，讓她相信我們的處境應該會轉好。

一看到這封信以及我所做的解釋，她的淚水又滾滾落下，我趕緊喚娜嫜出來，為了避免讓這個只一味地哭什麼都不說的可憐女子患神經衰弱，我們便扶她躺臥床上，但是她拉著我的雙手，並親吻個不停。

我問娜嫜在我不在的時候，她的女主人有否接到信或有人來訪讓她情緒變成這樣，但是娜嫜回答說沒有人來過，也沒有收到任何信件。

然而打從前一晚之後想必發生了什麼，而最令人擔憂的是瑪格麗特的刻意隱瞞。夜裡她顯得平靜了一些；而我則坐在她的床邊，她花了很長的時間跟我保證她對我的愛。然後她對我微笑，但是很勉強，因爲她禁不住又是熱淚盈眶。

我用盡一切方法要讓她說出傷痛的眞正原因，但是她執意老給我一些含糊的理由，這我已經跟你提過了。

她最後是睡在我的懷裡，但是這番睡眠並沒有讓她的身體得到休息，反而有傷她的健康。有時候她會失聲尖叫，突然驚醒過來，然後發現我就在她身旁便安穩了下來，她要我跟她發誓永遠愛她。

我對於她一夜翻騰到清晨的痛楚完全不能理解。之後瑪格麗特進入了半睡眠狀態。已經有兩個晚上她沒有好好睡了。

這番休息並沒有持續很久。

快十一點時，瑪格麗特醒過來了，她一看到我已經起身，她環顧四周並驚訝地說：

「你已經要走了？」

「還沒有，」我拉著她的手說，「我想讓妳多睡一點。現在還很早呢。」

「你幾點要到巴黎？」

「四點。」

「這麼早？之後你會回到我身邊，不是嗎？」

「當然囉，我不就是一向如此嗎？」

「我好幸福！我們要不要吃午餐？」她心不在焉地問我。

「如果妳想吃的話，我們就吃吧。」

「然後你會親吻我直到離開的那刻？」

「是的，而且我會儘早回來。」

「你會回來嗎？」她以迷惘的眼神看著我說。

「當然啊。」

「沒錯，你今晚會回來，而我，我則等候你，跟往常一樣，你會愛我，我們會像我們認識以來一直都那麼樣的幸福。」

所有這番話都是以結結巴巴的語調說的，她似乎一直隱藏了一股痛楚的思維，每看到瑪格麗特神魂顛倒的每一刻，我的心都戰慄不已。

「聽好，」我對她說，「妳生病了，我不能這樣丟下妳出去。我可以寫信告訴我父親不用等我了。」

「不行！不行！」她突然尖叫說，「不能這麼做。你父親又會怪我在他要你去見他時我不讓你去；不行！不行！你一定得去，一定要！此外，我沒有生病，我好得很呢。就因爲我做了惡夢，還有因爲我醒來的樣子不好嗎？」

打從此刻開始，瑪格麗特試圖顯得快樂一些。她不再哭了。

在我該要離開的那刻，我吻了她，並問她要不要陪我走到鐵路那裡：我希望散步能讓她分心，而且戶外的新鮮空氣對她也有幫助。

我尤其想要盡可能地多陪陪她。

她接受了我的建議，帶了一件外套，並帶了娜婷一同前來送我，這樣她回去時就也有伴了。

我有二十次都不想離開。但是希望可以早點回來以及害怕又觸怒我父親的念頭爲我打氣，然後我便搭火車走了。

「晚上見。」在臨走時，我對瑪格麗特說。

她沒有回答我。

她曾經對同樣這三個字沒有回應，你記得的，是G伯爵在她家過夜的那次；但是這段時光已遠去，似乎已在我記憶中抹去，如果我擔心什麼的話，也確定不再是擔心瑪格麗特會背著我跟別人約會。

到了巴黎，我跑到普郁冬絲家懇求她去探望瑪格麗特，期望她的風趣跟笑容能夠讓瑪格麗特轉移心情。

我沒有通報便逕自進了門，我在浴室找到了普郁冬絲。

「啊！」她神情擔憂地對我說，「瑪格麗特有跟你來嗎？」

「沒有。」

「她好嗎？」

「她病了。」

「她不會來了嗎？」

「她本來應該要來嗎？」

都婉娜夫人臉紅了，然後略帶尷尬地回答我：

「我是說：既然你來了巴黎，她不來跟你碰頭嗎？」

「沒有。」

我望著普郁冬絲，她垂下了眼睛，我從她的臉上讀得出她擔心我會在她家耽擱太久。

「我是過來請求妳，我親愛的普郁冬絲，如果妳沒有事的話，今晚過來看看瑪格麗特；

妳可以跟她做做伴，而且妳也可以在那裡過夜。我從來沒有看過她像今天這樣，我怕她會病倒了。」

「我在城裡有飯局，」普郁冬絲回答我，「我今晚不能去看瑪格麗特；但是我明天會去看她。」

我向都婉娜夫人告別，對我來說，她跟瑪格麗特一樣的擔心，之後我回到我父親的旅館，他看到我的第一眼是小心翼翼地觀察我的表情。

「亞蒙，你兩次來訪令我很開心，」他對我說，「期望你來之前有了一些反省，就像我自己也做了檢討一樣。」

「能允許我問你，老爸，你反省後的心得是什麼嗎？」

「我的朋友，我的心得就是，之前我誇大了別人跟我說的事情的嚴重性，我決定不要對你那麼嚴厲了。」

「你說什麼，老爸！」我興奮地叫了出來。

「我親愛的孩子，我是說年輕人都該有個情人，根據新的訊息，我寧願你的情人是苟蒂耶小姐而不是別人。」

「我完美的老爸！你讓我好開心！」

我們就這樣閒聊了一會兒，然後我們共進晚餐。我父親整個晚餐時間都顯得那麼迷人。我急著回去埔吉瓦勒跟瑪格麗特說這個可喜的轉變。我每一刻都盯著時鐘看。

「你在看時間，」我父親對我說，「你迫不及待要離開我。啊，小夥子！所以你打算一直為這曖昧的關係奉獻眞心？」

「老爸，不要這麼說！瑪格麗特愛我，我確定。」

我父親沒有回答；他的表情既不懷疑也不相信。

他很堅持我要整夜都待在他身邊，這樣我要到第二天才能離開，但是我就得留下生病的瑪格麗特不顧。我將此情況告訴他，並請求他准許我早點回去看她，並答應他第二天再回來巴黎。

天氣不錯，他要陪我到火車的月台。我從來沒有這麼開心過，未來似乎是我長久以來所追求的模樣。

我從來都沒有像此時這麼愛過我的父親。

在我要離開時，他最後一回堅持我留下來，我拒絕了。

「所以你很愛她囉？」他問我。

「像個瘋子似的。」

「那就去吧！」他將手放在額頭像是在搜索一股念頭，然後他張口好像要跟我說什麼似的。但是他卻是滿意地跟我握了握手，然後突然轉身離開並跟我喊說：

「那就明天見了！」

第二十二章

我感覺火車好像沒有在動似的。

我十一點才到埔吉瓦勒。

房子裡沒有一扇窗子有燈光，我按門鈴也沒有人應門。

這是我頭一次碰到這樣的情況。最後園丁出現了。我進了門。

娜嫜提著一只燈來接我。我來到瑪格麗特的房間。

「女士人呢？」

「女士到巴黎去了，」娜嫜回答我。

「去巴黎！」

「是的，先生。」

「什麼時候？」

「你離開的後一個小時。」

「她沒有留話給我嗎？」

「沒有。」

娜婷出去了。

「她有可能擔心，」我想，「因此到巴黎是爲了確定我去看我父親，說不定是一個藉口，說不定以爲我另外有情人。」

「也許普郁冬絲有什麼要緊的事寫信給她……」我一個人的時候我自言自語；但是我見到普郁冬絲時，她什麼也沒有說，不像她有寫信給瑪格麗特的樣子。

突然之間，我想起當我告訴都婉娜夫人說瑪格麗特病了的時候，她問我的這句話：「所以她今天不來了嗎？」我也記起了，在這句好像她有約的話之後，我望著她時她臉上尷尬的神情。這個回憶令我聯想到瑪格麗特整天而流的淚水，我父親跟我融洽的相處情景讓我差點忘了她的眼淚。

打從此刻開始，所有這天發生的所有事都佐證了我第一種懷疑，並且在我心裡如此確信不移，我一路想下去，直到父親對我的原諒。

瑪格麗特幾乎是強迫我到巴黎的。當我提議要留在她身邊時，她假裝鎮定。難道我掉入陷阱之中了嗎？瑪格麗特欺騙了我？她預計可以搶在我之前回來，然後神不知鬼不覺，但是有什麼突發的事是她未事先料到的呢？但是爲什麼她沒有告訴娜嬣，或者爲什麼她沒有寫信告訴我？她掉眼淚、失蹤、神祕又意味著什麼？

置身於這個無人冷清的房間，我就這樣驚惶不安地自問。我的眼睛盯著時鐘，已經午夜了，好像是向我宣告我的情人今晚不可能回來了。

然而，在我們經過之前的處境，她對我的奉獻犧牲，她像是會欺騙我嗎？不會。我試圖排除我的第一種假設。

這可憐的女子想必找到了她家具的買主，而她是到巴黎解決這檔子的事。她不想事先告訴我，因爲她知道，無論我接受與否，這項對我們未來的幸福有必要的拍賣，都是令我感到痛苦的，而且她也擔心跟我說的話會傷及我的自尊和情感。她比較喜歡一切都解決之後再露臉。普郁冬絲等候她顯然是因爲這件事，並且在我面前露出了馬腳：瑪格麗特今天還沒有解決賣家具的事，她會在普郁冬絲家過夜，或者她也許稍後就回來了，因爲她應該想到我會擔憂，她當然不想眼睜睜看我這樣。

但是，爲什麼要掉淚？無庸置疑的，雖然她愛我，這可憐的少女在放棄這種奢華生活時還做不到不哭泣，這是她直到目前爲止一向的生活方式，她因此而快樂並備受羨慕。

我對瑪格麗特的遺憾深感抱歉。我不耐地等著告訴她，我已經猜到她神祕失蹤的原因，並熱情地親吻她。

然而，夜漸漸深了，而瑪格麗特並沒有回來。

焦慮逐步緊縮它的箍圈並掐住了我的頭和我的心。也許她遭遇了什麼事！也許她受傷了、生病了、死了！也許我將會收到通知我某件痛心的意外事故的消息！說不定到了白天我還是一樣的擔心、害怕！

在我驚惶的等待當中，瑪格麗特欺騙我的這種念頭就再也沒有出現了。她不能回到我身邊勢必有一個強有力的理由，而我越這麼想，我便越相信這個理由恐怕是她遭逢了什麼不幸。男人的虛榮啊！你總是以各種樣態呈現。

時鐘剛響過一點。我告訴自己說我再等一個小時，但是到了兩點時，若瑪格麗特還沒回來，我打算到巴黎一趟。

在等待的當兒，我想找本書來看，因爲我不敢去想。

《瑪儂．勒絲蔻》這本書打開在桌上。我發現每一頁到處都因淚痕而濕透了。在翻閱之後，我闔上了這本書，書中人物的情節爲我掃除了先前的疑慮。

時間緩慢地前進。天氣陰霾。一陣秋雨敲打著窗玻璃。空盪盪的床鋪有時候對我有如一座墳墓。我很害怕。

我打開門。我傾聽周遭卻只聽到樹梢的風聲。路上連一輛車子也沒有。教堂的鐘樓悲哀地響著一點半。

我擔心到有人會進來通報壞消息的地步。我認爲在這個時候以及在這麼陰霾的天氣裡，也只有不幸的消息會過來。

鐘響兩點。我又等了一會兒。只有時鐘單調規則的噪音劃破了沉寂。

最後我離開這個房間，這裡的每件小東西都因爲我內心的孤寂而籠罩著悲哀的氣氛。

在隔壁房間我發現娜婷睡著了，她手邊還拿著正在做的女紅。聽到房門的聲音，她醒過來並問我她的女主人回來了沒有。

「沒有，不過，如果她回來，請妳告訴她我因爲太擔心所以到巴黎去了。」

「在這個時候？」

「是的。」

「但是怎麼去？你找不到車子的。」

「我走路去。」

「但是現在正在下雨。」

「我還在乎這個嗎？」

「女士會回來的，或者如果她沒回來，白天多的是時間去看她被什麼事絆住了。你這樣出去小心在路上被謀殺了。」

「沒有危險的，我親愛的娜婷。明天見。」

這個善良單純的女孩爲我拿來外套，並幫我披在肩上，她建議我去叫醒亞奴的母親，向她打聽有沒有可能叫到車子；但是我反對，我的理由是這個嘗試不見得奏效，萬一無效，只更耽誤我趕路的時間。

再者我需要新鮮空氣和肉體的疲倦，來損耗我當時備受折磨的亢奮狀態。

我帶了翁棠街公寓的鑰匙，娜婷陪我走到籬笆前，跟她道別之後我便動身了。

我起先用跑的，但是地上濕滑，再說我也很累。跑了半小時之後，我不得不停下來，我全身汗流浹背。我換了一口氣之後又繼續趕路。夜深了，我每一刻都惟恐撞到路樹，它們都是突然出現在我眼前，好像巨大的幽靈朝我奔來。

我偶爾遇到一、兩輛貨車，它們被我拋到腦後。

一輛四頭馬車飛快地朝埔吉瓦勒的方向奔馳。當馬車經過我面前時，我心中浮現了一線希望：瑪格麗特在車子裡。

我停下腳步叫喊著：「瑪格麗特！瑪格麗特！」

然而沒有人回答我，馬車繼續趕路。我看著它漸行漸遠，然後我也繼續趕路。

我花了兩個小時到達凱旋門廣場的欄杆處。

見到了巴黎使我恢復了元氣，我沿著我走過多次的長巷一路奔跑下去。

這個夜晚沒有人打這兒經過。

可以說是散步在死城一般。

天色逐漸破曉。

當我到了翁棠街，這個大城市才剛要甦醒。

在我進到瑪格麗特屋子時，聖侯絮教堂的鐘聲響著五點。

我向門房報了我的姓名，他收了我好幾個二十法郎銅板之後才准我進去。

所以我便無阻礙地通行了。

我大可以問他瑪格麗特在不在家，但是他也可以回答我說不在，我寧可再多懷疑兩分鐘，因爲在懷疑的時刻我還是有一線希望。

我把耳朵湊近門邊，努力要發現一點聲音、一點動靜。

沒有任何動靜。好像鄉下的寧靜持續到這個時候。

我開了門，然後走了進去。

所有簾幕都密不透風地闔上。

我拉開飯廳的布簾，然後朝臥房走去並推開房門。

我匆促地拉住簾幕的繩索，猛力地拉開。

簾幕喀嚓作響；一線微弱的天光滲透了進來，我跑向床鋪。

床上空空盪盪的。

我把屋內的門一扇一扇地打開，巡視了每一個房間。

沒有半個人影。我快要發瘋了。

我走到浴室，打開窗戶，然後我叫了普郁冬絲好幾次。

都婉娜夫人的窗子始終是關著的。

於是我跑到門房那裡，問他苟蒂耶小姐白天時有否回來。

「有，」這個人回答我，「跟都婉娜夫人一起。」

「她沒有留話給我嗎？」

「沒有。」

「你知道她們接下來做了什麼？」

「她們坐上了馬車。」

「哪種馬車？」

「很華麗的馬車。」

所有這些究竟意味著什麼？

我按了隔壁的門鈴。

「先生，你要去哪裡？」守門員在幫我開門之後問我。

「都婉娜夫人家。」

「她沒有回來。」

「你確定嗎？」

「是的，先生。昨晚有人捎信給她，我還沒有機會交給她呢。」

於是門房給我看了這封信，我自然地瞥了一眼。

我認出是出自瑪格麗特的手跡。

我把信拿過來。

「請都婉娜夫人轉交都瓦勒先生。」

「這封信是給我的，」我跟門房說，我讓他看信上的地址。

「你就是都瓦勒先生？」這個人回答我。

「是的。」

「啊！我認得你，你經常來都婉娜夫人家。」

一到街上，我便拆開了這封信。

信上的內容，如一陣閃電似的擊中我，令我戰慄不已。

亞蒙，在你讀這封信的時候，我已經是另一個男人的情婦了。所以我們之間的一切已經結束了。

我的朋友，回到你父親身邊，去看你的妹妹，年輕純潔的少女，她完全不懂我們的憂愁，而在她身邊，你就會很快地忘記瑪格麗特·茍蒂耶小姐的失蹤所帶給你的痛苦，你過去確實很愛她，而她虧欠你此生最幸福的片段時光，現在她希望生命不要持續太久。

當我讀到最後一個字，我覺得我差不多快瘋了。

有一刻我眞怕會倒在馬路上。我眼前一片昏暗，血液直衝太陽穴。

最後我恢復過來，我放眼周遭，我驚訝於衆人皆如常的生活，並沒有因爲我的不幸而稍停。

我不夠堅強，無法獨自承受瑪格麗特給我的打擊。

於是我想起我的父親人就在巴黎，再過十分鐘我就可以見到他，無論我痛苦的原因爲何，他都可以跟我分擔。

我像個瘋子，像個飛賊似的跑進了巴黎旅館：我看到門上插了鑰匙。我走了進去。他在讀書。

他看到我出現時毫不驚訝，可以說他正等著我過來。

我什麼話也沒說便撲倒在他的懷裡，我將瑪格麗特的信交給他，然後我倒在床上，熱淚盈眶。

第二十三章

當生活上的一切又重回原有的軌道，我再也不相信所看到的旭日跟以往的一樣。有些時候我假想過一種我現在回想不起來的狀況，讓我因此沒辦法在瑪格麗特家過夜，但是，如果我回到埔吉瓦勒，我會看到她一副焦慮的樣子，跟我先前一樣，而她會問我爲什麼離開她這麼遠。

當生存形成了像這份愛情一樣的習慣，在這個習慣打破之際而不同時摧毀生活的其他部分是不可能的事。

於是我不得不時常讀瑪格麗特的這封信，好讓我自己相信我不是在做夢。

我的身體因精神上遭受重創而無法動彈。焦慮不安、日升月落、物換星移都令我疲憊不堪。我父親趁我身心交瘁之際請求我跟他一起離開巴黎。

我答應了所有他的要求。我無法禁得起任何的爭執，同時在發生這件事之後我也渴望眞愛來讓我活下去。

我父親這麼想安慰我的痛苦，讓我太高興了。

我所記得的是，那一天，快五點時，他讓我跟他同坐在馬車上。他什麼也沒跟我說，他已經準備好我的行李，將它們跟他的行李一同放在車後，然後便將我一路送回老家。

我只感覺，在巴黎消失在我眼前之際，村路的孤寂喚起我內心的空虛。

於是淚水又淹沒了我。

我父親了解此時言語，甚至他，都無法安慰我，於是他任由我哭泣而不跟我說一句話，有時則握住我的手，好像提醒我，我有朋友在身邊。

那晚，我睡了一點。我夢見了瑪格麗特。

我跳著醒過來，不了解爲什麼自己竟然會在馬車上。

然後事實又回到我腦海，於是我任由頭部失望地垂在胸前。

我不敢跟我父親提起，我一直擔心他會對我說：

「你看我說對了吧，這個女人的感情不可靠。」

但是他並沒有乘機理直氣壯地說教，在我們到達老家之前，他跟我談的都是與我發生的事件毫不相干的話題。

當我擁抱我妹妹時，我回想起瑪格麗特信裡提到她的字句，但是我這時立刻體會到，我的妹妹再好，她也不足以令我忘記我的情人。

狩獵的季節開始了，我父親認爲這項活動有助於轉移我的心情。於是他跟鄰居和朋友一起組織了狩獵的隊伍。我既不排斥也無熱情地參加了，自從我離開瑪格麗特之後，無論我做什麼都是這副冷漠不帶勁的樣子。

我們進行圍獵的方式捕捉獵物。我則被安置在車上。我將沒有子彈的獵槍放在身邊，然後我便在神遊。

我望著白雲過往。我任由思緒在孤寂的原野上遊走，有時候我聽到某位狩獵者喚我，指著一隻離我十步遠的野兔子給我看。

沒有一樣細節逃得過我父親的眼睛，並且他不能就這樣相信我外表的平靜。他很清楚，儘管我有多沮喪，我的心總有一天會有駭人的、也許是危險的反應，而爲了不讓我看出他是在安慰我，他極盡所能地轉移我的注意力。

我妹妹對所有這些事完全不知情，所以她不了解爲什麼我從前那麼快樂，爲什麼突然變得這麼沉靜、這麼悲傷。

有時候，她因爲看到我傷心和父親焦慮的眼神而困惑，這時我伸手握住她的手，像是種默契，請求她原諒我對她並非出於本意的情緒干擾。

一個月就這樣過去了，但這是我所能忍受的極限。

對瑪格麗特的回憶無止境地追隨著我。我太愛這個女人了，以至她能讓我在瞬間變得這麼冷漠。因爲我對她的感情不尋常，我尤其得要再見到她，並且是馬上再見到她。

這個念頭進入我的腦海，並且挾著極大無比的意志力根植在那兒，這股意志力終於從一副長期沒有活力的軀體中釋放出來。

我要見到瑪格麗特的念頭如此強烈，我沒辦法等到未來，一個月、八天什麼的，我第二天就要見到她了。我去告訴我父親，我在巴黎有些事待處理得要離開一下，但是我很快就會回來了。

他想必猜到我離開的動機，因爲他堅持要我留下來，但是，看到我心願未償，我又處在焦躁易怒的狀態，恐怕會對我產生致命的後果，他擁抱我，並幾乎哭泣地哀求我快點回到他身邊。

在到達巴黎之前我都沒有睡。

一旦到了巴黎，我準備做什麼？我不知道，但是反正得要關心瑪格麗特的事。

我到我住的公寓換衣服，因爲天氣晴朗，而且時間還早，我便到了香榭里舍大道。

過了半個小時，我從遠處看到瑪格麗特的座車，從圓形廣場來到協和廣場。她買回了馬匹，因爲車子跟昔日的一模一樣；只是她並不在車裡面。

一注意到她不在車內，我的眼睛在周遭搜索，我看到瑪格麗特在散步，身旁有一位我從來沒見過的女人陪伴。

經過我身邊時，她的臉色變得好蒼白，一朵緊繃的微笑牽動了她的嘴唇。至於我，一陣急劇的心跳震撼我的胸膛，但是我臉上的表情冷淡，我冷冷地跟我的舊情人打招呼，她這時已走到馬車旁邊，於是她便跟她的朋友上了車。

我了解瑪格麗特。我出其不意的出現想必攪亂了她的心情。她想必知道我離開了，在我們分手之後她心情平靜多了，但是看到我回來，並且突然要跟我面對面，她的臉色跟我一樣慘白。她知道我回來應該是有目的的，而她應該在自忖會發生什麼。

如果我發現瑪格麗特過得並不幸福，如果，我是想對她報復，我還是會去幫助她，我也許會原諒她，並且絕不會想傷害她；但是我看到她日子過得很得意，至少外表看起來是這樣，有另一個男人又供應她過我無法繼續提供的奢華生活，她提出分手，全因爲物質的利益，我的自尊和愛情都受羞辱，她應該爲我所受的痛苦付出代價。

我無法不在乎這個女人對我所做的一切，所以，對她最好的報復便是我的冷漠不在乎。

因此我得要假裝一副冷漠的樣子，不只是讓她看到這樣，還要讓其他人也看到。

我試圖裝作笑臉迎人的模樣，我還去了普郁冬絲家。

她的女傭出來傳話，要我在客廳等一下。

都婉娜夫人終於露臉了，並引我進到她的小客廳；我才坐下就聽到大客廳開門的聲響，以及一陣輕巧的腳步聲踩得木頭地板嘎嘎作響，之後中庭的門被猛力關上。

「我是否打擾了妳？」我問普郁冬絲。

「一點也沒有，瑪格麗特剛剛在這兒。一聽到你過來，她便起身離開，她才剛出去。」

「所以我現在讓她害怕？」

「不是，她擔心你會不想見到她。」

「為什麼會呢？我極力要自在地過日子，因為過去的激情令我痛苦。這個可憐女人離開我是為了拿回她的馬車、家具和鑽石，她做得很好，我不應該怪她。我今天遇到她了。」我持續以這麼不在乎的口吻說。

「在哪裡？」普郁冬絲問，一邊望著我，似乎自問這是否是她所認識那個深情的男人。

「在香榭里舍大道，她跟一個很漂亮的女人在一起。這個女人是誰？」

「她長得什麼樣？」

「金髮、苗條、留著長長的捲髮、藍色眼睛，非常優雅。」

「啊！那是歐玲普。她確實是個美女。」

「她跟誰住在一起？」

「沒有跟任何人，也可以說跟所有人同住。」

「那她住在哪裡？」

「通綏街，是幾號……啊！這麼說，你是想追她囉？」

「我們不知道事情會怎麼進展。」

「那瑪格麗特呢？」

「如果跟妳說我一點也不想她，是說假話；但是我是她遺棄的多位男子之一。再說，瑪格麗特是以這麼不在乎的方式離開我，我覺得我過去那麼愛她實在很笨，因爲我曾經眞的非常愛這個女人。」

你應該猜得到我說這些事時的語氣：我的額頭都冒汗了。

「她很愛你，而且她一直都很愛你。證據是，今天在你們相遇之後，她馬上來跟我述說相遇的情景。她來的時候，她全身都在顫抖，幾乎是快不行了。」

「那麼，她跟妳說什麼了？」

「她跟我說：『想必他會來找妳』，而且她請我祈求你原諒她。」

「我已經原諒她了，妳可以跟她這麼說。她是個好女孩，但是這個女孩對我做的事，我應該早就該料到的。我很感謝她的決定，因爲今天我自問，如果照我的意思完全跟她生活在一起後果會怎樣。這種想法眞愚蠢。」

「她很高興得知你在必要的時刻離開了。親愛的朋友，那是她該離開你的時候。那個她本來要賣家具給他的可惡的生意人，找到她所有的債權人問他們她欠了多少錢；他們都很怕，所以兩天後就要賣了。」

「那麼現在都還清了嗎？」

「差不多了。」

「是誰出錢幫忙的？」

「N伯爵！我親愛的朋友！有幾個男人都樂意這麼做。簡而言之，他拿出了兩萬法郎，但是這是他的極限。他很清楚瑪格麗特並不喜歡他，他還是情不自禁想對她好。你是看到的，他爲她買回馬匹，爲她贖回珠寶，並且供應給她公爵以前所給的同樣的金額；如果她想平靜過日，這個男人會長久跟她廝守的。」

「那她現在做什麼？她都住在巴黎嗎？」

「自從你離開之後，她再也不要回到埔吉瓦勒。是我去拿回她的東西，還有你的東西，我把你的所有東西裝成箱以備你來這裡時帶走。所有東西都在，除了你的皮夾跟你的密碼。瑪格麗特要拿走這樣並放在她家。如果你需要用到，我會向她拿。」

「那她就留著吧，」我結結巴巴地說，因爲當我回憶起我在這個村子過得這麼快樂，感覺眼淚從我的心流往我的眼睛，而且一想到瑪格麗特刻意保留我的一件東西，這使我想起她。

如果她在此刻進來，我想報復的決心便會消失無蹤而且我會跪倒在她腳前。

「還有，」普郁冬絲又說，「我從來沒看過她像現在這樣：她幾乎不再睡覺了，她開舞會，吃消夜，她甚至喝得酩酊大醉。最近，有一回消夜之後，她臥病了八天；而當醫生准許她下床之後，她又開始了，再這樣下去可能都會喪命呢。你要去看她嗎？」

「又何必？我是來看妳的，妳呀，因爲妳始終都對我很友善，而且我是在認識瑪格麗特之前就認識妳了。是因爲妳我才成爲她的情人，就好像因爲妳我再也不是了，妳說對嗎？」

「啊！當然，我盡一切可能幫助她離開你，我相信以後你該不會生我的氣吧。」

「我要加倍感謝你呢，」我特別站起來說，因爲我看到她聽不出來我是在諷刺她，我對她起了反感。

「你要走了？」

「是的。」

我知道的事夠多了。

「我們什麼時候可以再見到你？」

「不會太久的。再見。」

「再見。」

普郁冬絲送我到門口，而我便帶著憤怒的眼淚跟想要報復的念頭回到我的住處。這麼說瑪格麗特確定是跟其他女人沒有兩樣。所以，她對我的深情也抵不過她想重過奢華生活的慾望，也抵不過想要有馬車以及開筵席的慾望。

我在失眠的夜晚這麼告訴自己，如果我也能像我裝出來那麼冷靜地思索，我就可以在瑪格麗特嘈雜擾攘的新生活中看到，她刻意想阻斷綿長的思念跟無止境的回憶。

不幸的是，邪惡的念頭掌控了我，而我只在找如何折磨這個可憐人兒的方法。喔！當男人的感情受挫時，他們往往變得度量狹小而且尖銳。

我看到的這位歐玲普，就算不是瑪格麗特的朋友，起碼也是她回巴黎之後最常見面的人。她將舉辦舞會，而我猜想瑪格麗特應該會參加，於是我想辦法弄到了一張邀請卡。

當我滿載痛楚的情緒到達舞會現場時，已經是高朋滿坐。我們跳舞，甚至大聲談笑，其中一對舞侶，我看到了瑪格麗特跟N伯爵，他顯然是以她為傲，而且似乎是跟大家說：

「這個女人是我的！」

我去倚在壁爐前，正對著瑪格麗特，並且看著她跳舞。她一看到我神情即顯得尷尬。我看看她並且心不在焉地以手跟眼向她打招呼。

當我想到，舞會之後，她將跟這個富有的笨蛋一起離開，而再也不是跟我，當我想像他們回到她家之後會做的事，血液直衝我臉龐，我想要破壞他們的愛情。

雙人舞之後，我去跟屋子的女主人打招呼，她以曼妙的粉肩跟裸露一半誘人的頸項吸引了賓客的目光。

這個少女美極了，如果以身材來說，她要比瑪格麗特來得更美。正當我跟她交談之際，有一些目光投往歐玲普，我就更確定這點了。當這個女人的情人也會跟N伯爵一樣驕傲，同時她也夠美麗，足以激起瑪格麗特讓我感受的同等的醋勁。

她這時沒有情人。要成為她的情人並不太難。方法就是讓她看到我多金。

我下定了決心。這個女人要成為我的情人。

我以和歐玲普跳舞作為追求她的第一步。

半小時之後，瑪格麗特臉色蒼白得跟個死人一樣，穿上貂皮大衣，離開了舞會。

第二十四章

已經起了點作用，但是還不夠。我了解自己對這個女人具有影響力，於是我便毫不留情地用盡了這股力量。

每當我思及她已經不在人間了，我便自問上帝是否永遠不會原諒我所做過的壞事。

消夜之後，更加人聲鼎沸，大夥兒賭起錢來了。

我坐到歐玲普身旁並且大把地下注，很難不引起她的注意。一會兒的工夫，我贏了一百五十或兩百個路易金幣，我把這些金幣擺在我面前，她的眼睛貪婪地盯著金幣。

我是唯一一個完全不在乎輸贏的人，而且唯一關心她的人。我整夜都在贏錢，是我給她賭本繼續下注，因爲她輸掉了面前所有的錢，恐怕也輸掉了家中所有的錢。

我們到了清晨五點才走。

所有的賭客都已經下樓去了，只有我還留在後頭而沒有人察覺，因爲我跟這些先生們都不熟。

歐玲普親自點亮了樓梯的燈，而我準備跟其他人一樣下樓去，這時我又走回她身邊對她說：

「我得跟妳談談。」

「明天吧，」她跟我說。

「不，現在。」

「你要跟我說什麼？」

「妳一會兒就知道。」

然後我回到屋子裡。

「妳輸了錢，」我對她說。

「是啊。」

「家裡所有的錢？」

她遲疑了一下。

「坦白地說。」

「那麼，確實如此。」

「我贏了三百個金幣，都在這兒，如果妳想要我留下來的話。」

於是，在此同時，我將金幣全放在桌上。

「爲什麼這麼提議？」

「因爲我喜歡妳啊！」

「不行，因爲你愛著瑪格麗特，你想成爲我的情人是爲了報復她。我親愛的朋友，像我這樣的女人是不會上當的。不幸的是，要接受你提議的角色，我還嫌太年輕、太漂亮了。」

「所以，妳是拒絕囉？」

「是的。」

「妳寧可毫無所求地愛我？這樣我反而不能接受呢。我親愛的歐玲普，考慮一下吧。我大可以派任何人代我向妳提議將這三百個金幣放在這兒，妳可能會接受。並且是不用找到我這麼做的理由便可以接受；妳會說因爲妳長得美，我會愛上妳也沒有什麼好大驚小怪的。」

瑪格麗特跟歐玲普同是風塵女子，然而我第一次見到瑪格麗特時絕不敢跟她說出我跟這個女人所說的話。我之所以愛瑪格麗特，是因爲我發現她具有眼前這種女人所欠缺的特質，而甚至就在我提出這種交易的當時，即使眼前這個女人美豔照人，我已經對她厭煩了。

當然，她最後接受了，中午時我走出她家時已經是她的情人。但是我離開她的床時並沒有帶走溫存的回憶，以及因為收了我的六千法郎不得不對我說的情話。

然而人們仍然會對這個女人傾家蕩產。

從這天以後，我無時無刻不在凌遲瑪格麗特。歐玲普跟她已經斷絕往來了，你很容易了解為什麼。我送給我的新情人一輛車、一些珠寶，我賭錢，我終於做出一個愛上像歐玲普這種女人的情人會做出的所有蠢事。我的新緋聞也傳開了。

普郁冬絲也有所耳聞並且認為我已經完全忘記了瑪格麗特。瑪格麗特不是猜到了我這麼做的動機，就是跟其他人一樣受騙了，她對我每天的傷害是以無比的尊榮來回應。只是她面露痛苦的表情，因為我到處都會遇到她，我總是看到她越來越蒼白，越來越悲傷。我對她的愛，已經到了恨的地步。我每天以看到她的痛苦為樂。有好幾次在我施行報復的場合，瑪格麗特對我演紅了眼的角色投以哀求的眼神，而我也幾乎要請求她的原諒。

但是這些懺悔的時間有如閃電般短暫，而且歐玲普也置自己的自尊心於不顧，她知道對瑪格麗特不好可以從我這兒得到她所要的一切，於是她不斷挑撥我來對付她，並且每次一逮到機會，便仗著我為她撐腰極盡羞辱瑪格麗特之能事。

瑪格麗特最後不再參加舞會，不到劇院，生怕會遇到我們，歐玲普跟我。然後無禮的匿名信繼而對她發動攻勢，我假借我情人之手寫出羞辱瑪格麗特的字句。

到了這個地步幾乎已經失去理性了。我就像喝了壞酒的醉漢，陷入神經亢奮的狀態，雙手犯罪而腦筋卻動彈不得。在這過程當中，我有如烈士般深受痛苦。瑪格麗特對於我所有的攻擊以平靜而不傲慢，尊嚴而漠然的態度來回應，在我看來她比我還佔上風，這更加激起我對她的挑釁。

有一晚，歐玲普不知去了哪裡，她跟瑪格麗特不期而遇，這回幸好這個笨女人無從汙蔑她，因此不得不退讓。歐玲普憤怒地回家，而瑪格麗特則昏厥在地被抬了回去。歐玲普回來之後向我述說事情的經過，據她說瑪格麗特看到她落單，想要對她成爲我的情人一事加以報復，告訴我應該寫信給瑪格麗特，不論我是否在場，她都應該尊重我愛的女人。

我不必告訴你我當時是多麼滿足，然後我在給她的長信中極盡挖苦、羞辱跟殘酷之能事，並且當天便把信寄去給她。

這回的打擊太猛了，這個不幸的女子已經忍不住不說話了。

我很確定會有回信到來，所以我決定整天都不出門。

快兩點時有人按門鈴，我看到進門的是普郁冬絲。

我試圖裝作毫不在乎的樣子，問她爲什麼會大駕光臨；但是這一天都婉娜夫人並沒有笑容，而是帶著極爲激動的口吻對我說，打從我回到巴黎，換句話說，自大約三個禮拜以來，我從沒有放過任何讓瑪格麗特痛苦的機會。她因此而生病，加上前一晚的狀況以及我早晨的信，已經把她逼得臥病在床了。

總之，瑪格麗特並沒有責怪我的意思，她託人請求我的恩慈，並且告訴我說，她在精神和肉體上都無法再承受我對她所做的事。

「荀蒂耶小姐遺棄了我，」我對普郁冬絲說，「這是她的權利，但是她以這個女人是我的情人爲名目，汙辱我所愛的女人，卻是我絕不能允許的事。」

「我的朋友，」普郁冬絲跟我說，「你受到一個無心又無腦的女人影響；你愛她是無可置疑，但是這也不足以構成折磨毫無防衛的女人的理由。」

「荀蒂耶小姐以N伯爵來刺激我，我們誰也不欠誰。」

「你很清楚她不會這麼做了。所以，我親愛的亞蒙，別再打擾她了；如果你看到她現在臥病的模樣，你想必會恥於你對付的方式。她已面無血色，她咳血，已經活不久了。」

然後普郁冬絲握住我的手又補充了一句：

「來看看她，你的來訪會令她非常高興的。」

「我不想遇到N伯爵。」

「N伯爵從來沒有在她家過。她無法忍受他。」

「如果瑪格麗特執意要見我，她知道我住哪裡，她大可以過來，但是我絕不到翁棠街去。」

「那麼你會好好接待她嗎？」

「當然。」

「那麼，我確定她會過來的。」

「那她就來吧。」

「你今天會出門嗎？」

「我整晚都會在家。」

「我會這麼跟她說。」

普郁冬絲走了。

我甚至都不必寫信告訴歐玲普說我不去看她了。我跟這個女人無所忌諱。我差不多每星期和她過夜不到一次。我想，她在某通俗劇院的男演員那裡能得到慰藉。

我出去用晚餐並且幾乎馬上回家。我命喬瑟夫點亮了屋內所有的燈，然後我准予他先行離開。

我無法跟你形容在這等待的一個小時內我心裡交織的幾種畫面，但是，快九點時，我一聽到門鈴響，這些畫面壓縮成一股激情，在我出去開門之際我不得不倚靠著牆以免倒地。

幸好玄關的光線不夠亮，我臉上扭曲的線條比較看不出來。

瑪格麗特進門了。

她全身穿著黑色並罩了面紗。在面紗之下，我幾乎認不出她的臉。

她進到客廳並掀起了面紗。

她如大理石般蒼白。

「亞蒙，我在這裡，」她說，「你想見到我，我來了。」

然後，將頭垂放在兩手之間，哭了出來。

我坐近她身邊。

「妳怎麼了？」我聲音激動地對她說。

她握著我的手什麼也沒有回答，因爲她的喉頭依舊哽咽著淚水。但是過了片刻之後，稍稍恢復平靜之後，她對我說：

「亞蒙，你確實傷害了我，而我卻沒有對你做什麼不好的事。」

「沒有？」我苦笑著回答。

「除了情勢逼著我做的以外。」

我不知道在你生命中是否曾經或絕不可能親身體會我見到瑪格麗特時的這番感受。上回她來我家時，就是坐在她此刻她所坐的位子，只不過是，此刻她已經是別人的情婦了。雖然我禁不住想吻她，但是除了我以外，還有別人吻過她的唇，不過我感受到此刻我非常愛這個女人，而且也許我從來沒有像此刻這麼愛她。

然而我很難開啓我們之間的對話。瑪格麗特想必了解這點，因爲她又說：

「亞蒙，我是來煩你的，因爲我有兩件事要請求你；請原諒我昨天對歐玲普小姐所說的話，並且你或許已準備再對我恩慈一些。無論是否出於故意，打從你回巴黎以後，你做了很多令我難受的事，而我現在無法承受截至今晨爲止所承受情緒壓力的四分之一。你會同情我，不是嗎？而且你將會明白一個好男人有比報復像我這種又病又悲傷的女人更尊貴的事要做的。來，握握我的手。我發了高燒，我離開病床就爲了來請求你，不是你的友誼，而是你的不在乎。」

事實上，我握住瑪格麗特的手。她的皮膚滾燙，而且這可憐的女人在天鵝絨大衣之下顫抖著。

我將她所坐的那把沙發椅移近爐火。

「所以妳以爲我不痛苦嗎？」我說，「那晚，我在鄉下等不到妳回來，我來到巴黎找妳，而我卻只找到這封差點令我發狂的信。

「瑪格麗特，妳怎麼能欺騙我，我是這麼地愛妳！」

「我們不要談這件事，亞蒙，我來不是爲了談這個的。我希望你不要再對我有敵意，就只有這樣，而我想再次握你的手。你有位年輕又美麗的情人，大家都說你愛她，和她幸福地廝守並且忘了我吧。」

「妳呢，妳想必很幸福吧？」

「亞蒙，我的臉看起來像幸福的女人嗎？不要挖苦我的痛處，沒有人比你更清楚我痛苦的原因，你也是加深我痛苦的人。」

「如果妳眞如妳所說的不幸福，其實只有妳自己能掌控妳的幸福與否。」

「不，我的朋友，情勢強過我的意志。我服從的不是我女人的直覺，而你顯然是這麼說，我屈服的是一項嚴肅的義務以及一些有朝一日你就會了解的原因，到時候你將會原諒我的。」

「爲什麼妳不今天就告訴我原因？」

「因爲這樣既無法挽回我們的關係，同時也可能讓你疏遠你不該疏遠的那些人。」

「那些人是誰？」

「我不能告訴你。」

「所以，妳說謊。」

瑪格麗特站起來並走向大門。

當我自己將這個蒼白而垂淚的女人跟那個在喜歌劇院嘲弄我的女人做比較，我無法坐視這股無聲而溢於言表的痛楚而無動於衷。

「妳不要離開。」我走到門前說。

「爲什麼？」

「因爲，即使妳那樣對我，我一直都愛著妳，而且因爲我想留妳在這裡。」

「爲了明天好趕我出門，不是嗎？不，這是不可能的！我們的命運已經分隔，不要試圖再將它們綁在一起；你也許不恥於我的作爲，然而現在你也只能恨我。」

「不，瑪格麗特，」我感覺到與這個女人的接觸喚醒了我的愛情和所有的慾望，我吶喊，「不，我會忘掉妳做過的一切，只要我們互相承諾幸福地廝守，我們便可以做得到。」

瑪格麗特懷疑地搖搖頭，並且說：

「我不是你的奴隸、你的狗，你就對我做你想做的，儘管來吧，我是你的。」

她脫下大衣跟帽子，並丟在沙發上並突然脫去上裝，因爲，她的病禁不起這一連貫的動作，血液從心直衝她頭部令她呼吸困難。

一陣枯乾而撕裂的咳嗽聲接踵而來。

「請告訴我的司機，」她說，「開走我的馬車。」

我親自下去遣走這個人。

當我回來時，瑪格麗特已經躺平在火爐前，她的牙齒因寒冷而打顫。

我將她擁入懷裡，我脫去她的衣服時她並沒有反應，然後我將她冰冷的軀體抱往床上。

於是我坐近她並且試圖以愛撫來爲她取暖。她一句話也不對我說，就只對著我微笑。

喔！這是個奇異的夜晚。瑪格麗特的一生似乎在她親吻我當中一幕幕地過去，而我是那麼地愛她，在我傳達如火的愛情之際，我自問是否要殺了她讓她只屬於我所擁有。

如果像這樣靈肉合一的激烈的愛情持續一個月的話，我們就只會剩下一具死屍。

白晝來臨時我們一起醒來。

瑪格麗特像死人般慘白。她一句話也沒說。一顆顆斗大的，如鑽石般晶瑩剔透的淚珠時時滾落她的臉頰。她疲憊的臂膀時時張開來抱我，又無力地垂在床上。

有一刻我以爲我可以忘記我離開埔吉瓦勒之後所經過的事，我跟瑪格麗特說：

「妳要不要跟我走，我們離開巴黎？」

「不行，不行，」她幾乎帶著恐懼對我說，「這樣我們會太悲慘的，我再也無法帶給你幸福，但是只要我一息尚存，我願意成爲你慾望的奴隸。不管白天或晚上的任何時間你想要我來，我是你的；但是不要再把你的未來與我的牽扯在一起，你會太悲慘而你也會讓我太悲慘的。」

「有時候我仍然是個美麗的女人，就及時行樂吧，但是不要對我有其他的要求了。」

當她離開時，我在她留給我的一片孤寂中感到極深的恐怖。她走了兩個小時之後，我仍舊坐在她剛離開的床鋪上，凝視著因她的形體而被壓縐的枕頭，並自問在愛情與嫉妒之間的我會變成什麼樣子。

五點時，我不知道我要做什麼，我去了翁棠街。

是娜婷幫我開的門。

「女士不能見你，」她尷尬地對我說。

「爲什麼？」

「因爲N伯爵在這兒，他交代我不能讓任何人進來。」

「這是當然的了，」我結結巴巴地說，「我忘記了。」

我像個醉漢似的回到家，而你知道在這個嫉妒成瘋的當刻足以採取我那時要做的可恥行動，你知道我做了什麼嗎？我告訴自己說，這個女人是在愚弄我，我想像她跟伯爵見面的情景，她重複晚上跟我說的同樣的話，然後，我拿出一張五百法郎鈔票，我寄給她這樣的一封信：

妳早上這麼快離開，以至我忘記付妳錢了。

這是妳的夜度費。

之後，這封信一送走，我爲了逃避因羞辱她而頓時產生的懊悔，於是我出了門。

我去了歐玲普家，我到時她正在試穿洋裝，爲了取悅我她一邊唱著色情歌。

這位眞是典型無羞恥心，沒有靈性，沒有腦筋的風塵女子，至少對我來說是這樣，因爲也許有個男人對她所做的夢就如同我對瑪格麗特的一樣。

她向我要錢，我把錢給了她，然後我便可以自由離開了，於是我回到了家。

瑪格麗特還沒有回信。

我不用告訴你這個白天我是怎麼過的，想必你也不難想像。

六點半的時候，一位信差捎來一個信封，裡頭放了我的信和那張五百法郎的鈔票，除此之外沒有任何隻字片語。

「是誰交給你這個的？」我對這個人說。

「一位女士，她跟她的女傭搭了從布隆尼來的車子走了，而她堅持要我在車子開走後再送這只信封。」

我跑到瑪格麗特家。

「女士今天六點到英國去了。」門房對我說。

巴黎再也沒有我可以留戀之處，沒有恨也沒有愛了。我已經對所有這些精神上的打擊感到疲憊不堪。我的一位朋友打算到東方旅行，我要告訴我父親我想陪同他去。我父親給了我路線圖，一些建議，然後八或十天之後，我就在馬賽登船。

我是在埃及的亞歷山卓城法國大使館一位我在瑪格麗特家有數面之緣的辦事員口中，得知這可憐女子患了重疾。

於是我給她寫了一封信，而我在土隆收到她的回信，這封回信的內容你是知道的。

我之後便離開了，而你也知道後來發生的事。

現在，你就只剩下這幾張茱麗．都普哈交給我的日記要讀，這些是我剛跟你講述的故事不可少的補充資料。

第二十五章

亞蒙因爲講述這則漫長的故事，加上他在當中時時停下來哭，現在他已經疲憊不堪，在交給我瑪格麗特親筆寫的這些東西之後，他將雙手放在額頭上並閉起眼睛，不是爲了沉思，就是爲了努力讓自己入睡。

片刻之後，一陣節奏稍快的呼吸聲讓我確定亞蒙睡著了，但是他睡得很不安穩，稍有一點聲響都會驚醒他。

以下是我讀到的，我不增減任何一字地照抄：

今天是十二月十五日。我已經病了三、四天了。今晨我臥病在床，天氣陰霾，我很悲傷。沒有人在我身邊，我想念你，亞蒙。你呢？我在寫這些字句的此刻，你身在何處？遠離巴黎，或更遠，我聽人說的，而也許你已經忘記瑪格麗特了。最後，應該高興才對，跟你在一起的日子是我此生唯一的快樂時光。

我無法壓抑想要向你說明一切的渴望，而且我也給你寫過一封信；不過出自像我這樣的女人之手，這樣的信也許會被當成謊言，除非死亡賦予這封信聖潔的形象，所以，與其說它是一封信，不如說是一番自白。

今天，我病了，我會因這個病而死，因爲我一直有預感會英年早逝。我母親死於肺病，同時我直到目前的生活方式也只會更使我的病情惡化，這是我得之於母親唯一的遺產。但是在你對我應該有正確的看法之前，我不願瞑目，因爲萬一在你回來以後，你仍然還關心這個你在離開前還深愛著的可憐女人的話。

所以以下所寫和我給你的信有所重複，我還是很樂意再重寫一次，這也可以再度證明我的清白：

亞蒙，你應該記得你父親的到來曾讓我們在埔吉瓦勒時如何的驚愕，你也應該記得這件消息令我不由自主地感到恐怖，以及你和他之間發生的爭執，然後你當晚跟我述說的情景。

第二天，正當你人在巴黎而你等不到你父親回旅館的同時，有個人出現在我家，並且交給我都瓦勒先生的一封信。

這封信我附加在此，信內用詞嚴峻，請求我次日將你以任何藉口支開並接見你父親。他跟我談話並特別要求完全不能告訴你他所採取的行動。

你知道在你回來時我是如何堅持地要你翌日再去一趟巴黎。

你離開一個鐘頭之後，你父親便出現了。我不必跟你描述他跟我說話時臉上的嚴厲表情。你父親已受舊式的理論根深柢固的影響，在他認爲，風塵女子就是無心、無理性，有如扒金的機器，隨時準備咬住向這具鐵機器供應任何東西的手，並且毫不留情、不分是非黑白地撕毀提供風塵女子生活跟應酬的男人。

你父親寫給我一封很有禮貌的信，希望我接見他。他本人露面時則完全不像他信中所寫的那樣。在他開始說話時表達了相當的高傲、無禮，甚至威脅，若不是他故作姿態，我人在我自己的家，我的生活對他實無所奉告，而我對他兒子誠摯的愛竟然成了我理虧之處。

都瓦勒先生稍微冷靜之後，卻轉而對我說，他再也無法忍受他兒子爲我傾家蕩產。他說我眞的很美，但是我再美也不應該利用我的美貌毀掉一個年輕人的前途，因爲我耗盡了他的錢財。

對於這點，只有一件事可以回答，不是嗎？我得要拿出證據說明，自從我當你的情人以來，爲了讓你忠誠於我，我沒有什麼犧牲，同時也沒有要求你給過超出你能力所及的範圍。

我給他看了當鋪的典當單，以及我無法質押必須賣掉的物品的收據，我讓你父親明瞭我賣家具的決心，是爲了償債，以及爲了跟你生活在一起，但又不讓你的負擔過重。我告訴他我們的幸福生活，以及你給了我前所未有的平靜而快樂的生活，最後他終於眞相大白，並且握住我的手，請求我原諒他起先說話的態度。

然後他對我說：

「所以，女士，這回不再是出於教訓跟威脅，而是出於祈求，我是盡我所能請求妳爲我兒子做一項前所未有的犧牲。」

我對於這樣的開場白感到戰慄不已。

你父親靠近我，握著我的雙手並持續以和藹的語氣說：

「我的好孩子，請勿曲解我接下來要跟妳說的話，只要明瞭生活時常有對心靈殘酷的必要，但是應該要順從。妳有副好心腸，而且妳的靈魂有著不爲瞧不起妳跟不恥於妳的婦人所知的慷慨。但是想想看撇開情婦之外還有家庭；除了愛情之外還有責任；一個男人在激情的年齡之後繼之而來的是，爲了贏得敬重，他需要在社會上打下堅實的基礎。我兒子沒有什麼財富，然而他已經預備爲妳放棄他母親留給他的錢。如果他接受了妳正準備爲他所做的犧牲，以他的誠實跟尊嚴他會以放棄繼承來回報妳，而這將使妳永遠免於不幸的境地。但是他不能接受妳的犧牲，因爲不了解妳的人會對這項同意妄加上不名譽的理由而有辱我們家族的姓。人們不會去看亞蒙是否愛妳，妳是否愛他，是否兩情相悅對他是幸福而對妳是形象的重建。人們只會看到一件事，那就是亞蒙．都瓦勒因爲一個妓女爲他賣掉她的家當而受煎熬，我的孩子，原諒我所有不得不跟妳說的話。然後譴責跟遺憾的日子將會來臨，這是可以確定的事，對妳跟其他風塵女子都一樣，而妳將會爲你們兩人帶來你們無法掙脫的鎖鍊。到時妳怎麼辦呢？妳的青春將會逝去，我兒子的前途將被摧毀；而我，身爲他的父親，我只剩一個孩子能補償妳逝去的青春，而我原本期待的是兩個有前途的孩子。

「妳還年輕而且面貌姣好，生活上不會有太大的問題；妳很高貴，做一件好事的回憶將彌補妳過去的一切。打從亞蒙跟妳交往的這六個月來，他把我遺忘了。我寫了四封信給他，他連一封信都沒有想過要回覆我。恐怕連我死了他都不會知道呢！

「不論妳洗心革面、重新做人的決心有多堅定，亞蒙因爲愛妳而被社會唾棄便是妳的罪過了，而這時妳的美貌也無濟於事。到時候誰知道他會淪落到什麼地步！他賭博的事，我早已耳聞。他沒有跟妳提起這檔事，我也知道；但是，萬一他喝醉了，他可能輸掉我大部分的積蓄，這筆積蓄是我存了好多年，是爲了我女兒的嫁妝，爲了他，也爲了我平靜的晚年。一旦他賭過錢，他就可能再賭。

「妳確信妳爲他擺脫的生活方式不會再度吸引妳？妳確定妳愛他之後就不會再愛別人？妳的情人因爲跟妳交往而在社會上窒礙難行，而如果隨年齡的增長他對事業的企圖心勝過愛情的夢想，妳可能無法安慰他在這方面的挫敗，最後妳不會痛苦嗎？女士，好好考慮所有這一切。妳愛亞蒙，那就以妳僅存的方式證明妳愛他，在妳還能跟他證明的情況下：以妳的愛換取他的前途。趁不幸還未來臨，但是它終將到來，而且可能比我預期的還要嚴重。亞蒙可能會嫉妒任何一個曾經愛過妳的男人；他可能向對方挑釁，他可能跟對方打鬥，他最後可能被殺，在這位身爲父親的爲兒子請命的同時好好思索一下妳即將遭逢的痛苦吧。

「我的好孩子，還是要讓妳知道所有的事，因爲我沒有全跟妳說，所以應該讓妳知道我來巴黎的目的。我剛才跟妳說了，我有個女兒，年輕、美麗、純潔得有如天使。她現在心有所屬，同時也做了個關係終生的愛情的夢。我寫信告訴亞蒙所有的事，但是他只一意關心妳的事，完全沒有回我的信。總之，我女兒快結婚了。她要嫁給她所愛的人，並進入一個有頭有臉的家庭，而對方也要求我們家世清白。我的準女婿的家人聽說亞蒙在巴黎的生活狀況，他們跟我宣告，如果亞蒙再繼續過這樣的生活，他們就要取消婚約。我的女兒與妳無冤無仇，她有權追求自己未來的幸福，現在她的前途全掌握在妳手裡。

「妳有權利或有必要摧毀她的未來嗎？瑪格麗特，看在妳對亞蒙的愛情以及妳對過去生活的懺悔的分上，請成全我女兒的終生幸福吧。」

我的朋友，所有這些思維我自己已時常想到，再加上你父親親口所說更成爲無法逃避的事實，我只能暗自垂淚。我告訴自己你父親所不敢對我說出口的，而卻二十次滑過他嘴角的話。我終究不過是個風塵女子，我跟你在一起的理由，老是被賦予別的色彩；而我過去的生活使我失去了做同樣夢想的權利，而且我的習性跟名聲得要爲一切事務負責。亞蒙，我最終是愛你的。都瓦勒先生以父親的口吻對我說的，以及他喚起我內心眞純的情感，對這位誠懇的老者的尊重，對你的考量則是稍後才有的，所有這些喚醒了我內心的高貴情操，並且也激發了我前所未有的聖潔的虛榮心。當我想到這位爲兒子的前途而向我懇求的老人家，有一天跟他女兒提起我的名字跟他的期望時，我成了你們家族一位神祕的朋友，我的靈魂得到了昇華，而且我也以自己爲榮。

當時內心的熱情也許誇大了我對事實的印象；朋友，我的感受跟新的情操讓我遺忘了我們所有過去快樂時光的回憶。

「先生，沒問題，」我擦乾淚水後對你父親說，「你相信我愛你兒子嗎？」

「是的。」都瓦勒先生對我說。

「出自無私心的愛？」

「是的。」
「你相信我將這份愛情當作我一生的希望、夢想和救贖？」
「深信不移。」
「那麼，先生，請你像親吻你女兒那樣親吻我一次，而我跟你發誓，這個親吻，我接受的這唯一的眞正的聖潔，將使我產生足夠的力量抗拒我的愛情，而且在八天之內你的兒子將回到你身邊，也許他會痛苦一段時間，但之後就會完全康復了。」
「妳是個高貴的女子，」你父親親吻我的額頭，跟我說，「妳做了這件美德，上帝會眷顧妳的。但是我很擔心妳從我兒子身上什麼也得不到。」
「喔！先生，放心吧，他將會恨我的。
「在我們之間勢必會有一道無法跨越的藩籬，對他跟對我都一樣。」
我寫信給普郁冬絲說，我接受N伯爵的提議，請她去跟他說，我要和他們兩人一起吃消夜。
我封好了信，沒有告訴你父親信的內容，我請求他到了巴黎時按地址將這封信交給她。
然而他問了我關於信裡的內容。
「是爲了你兒子的幸福。」我回答他。

你父親親了我最後一次。我感覺從我的額頭流下他的兩滴眼淚，好像是爲我往昔的過錯贖罪似的，而且就在我剛才許身給另一個男人的同時，我一想到我新犯的過錯得到了補償，我便驕傲不已。

亞蒙，這是很自然的；你也跟我提過你父親是我們所能見過最誠實的人。

都瓦勒先生坐上了馬車然後離開。

但是我畢竟是個女人，當我又見到你時，我情不自禁地哭泣，但是我不軟弱。

我這樣做對嗎？這是我今天問我自己的話，而我臥病在床，說不定只有死亡之後才能離開這張床。

你親眼見到我們無法避免的分離將近時我的情緒；你父親當時已不在身旁支持我，而我一度差一點向你坦承一切，特別是在我想到你即將恨我跟瞧不起我。

亞蒙，有一件事恐怕你不會相信，我禱告上帝賜給我力量，而能夠證明祂接受我的犧牲的是，祂終於賜給我我所祈求的力量。

在吃消夜時，我仍然很軟弱，因爲我逃避去想我所要做的事，特別是我覺得我欠缺勇氣！

我跟自己說，瑪格麗特．苟蒂耶，我因爲將有新情人而痛苦嗎？

我喝酒讓自己遺忘，而當我翌日醒過來時，我已經在伯爵的床上了。

朋友，這是所有事實，請好好判斷並請原諒我，就像我原諒了你自這天之後對我所做的一切傷害一樣。

第二十六章

在這個致命的夜晚之後所發生的事，你知道得跟我一樣清楚，但是你所不知情的是，你所不存疑的是，自從我們分離之後我內心所深受的痛苦。

我知道你父親將你帶了回去，但是我相當確定你無法離開我太遠，那天在香榭里舍大道遇到你，我很激動，但卻不驚訝。

然後就在一連串的日子裡，每天你都帶給我一種嶄新的侮辱，而我幾乎都以快樂的心情來承受，因爲這仍然證明你一直都愛著我，我認爲，你越折磨我，在你了解事實的那天我在你心目中便越重要。

亞蒙，不用驚訝於我這股快樂的烈士精神，你對我的愛爲我的心開啓了高貴的情操。

然而我還無法立刻就這麼堅強。

在我爲你做了犧牲和你回來巴黎這當中，經過了一段相當長的時間，我需要在身體上以各種方法不讓自己瘋狂，而且爲了麻醉自己，我又投入我已經放棄的生活。普郁冬絲不是告訴你了嗎，我參加所有的宴會，所有的舞會，所有極盡聲色之奢華筵席。

我好像希望以極快、極猛的速度戕害自己，而且我認爲這份希望不久就會實現了。我的健康越來越惡化，在我託都婉娜夫人來跟你求情的那天，我的軀體和靈魂已經枯竭。

亞蒙，我不會提醒你是以什麼方式在我最後給你的愛情證明中尋求補償，以及你如何在巴黎處處追擊傷害一個垂死的女子，而當你向她要求一夜情時，她卻無法抗拒你的聲音，而且她像瘋子似的，那一刻，她以爲她能夠因此而將過去跟現在再聚合在一起。亞蒙，你有權做你已經做了的事：從沒有人這麼高價地付我夜度費！

所以我全都拋下了！歐玲普代替我跟N伯爵在一起，我聽說歐玲普爲他打聽我離開的動機。G伯爵人在倫敦。像他這種男人只會跟我這樣的女子維持適度的距離，他們只要我們提供歡樂時光，而且他們保持交往的也是不會懷恨或吃醋的女人；這些大人物最終只會爲我們打開心靈的一角，卻在錢財上對我們十分大方。所以我立刻想到他。我去跟他會合。他慷慨熱情地接待我，但是他在倫敦是一位風塵女子的情人，而他擔心跟我的關係會曝光。他把我介紹給他的朋友們，他們請我吃消夜，之後其中一位便帶我回家。

我的朋友，那你還要我怎麼辦呢？

殺了我嗎？這會讓你原本應該是快樂的人生淪爲無謂的遺憾；還有，在我們這麼靠近死亡之際又何必自相殘殺？

我到了徒具軀體而沒有靈魂、徒有物質而沒有思想的地步，我過了一陣子這種機械般的生活，然後我回到了巴黎並四處打聽你的消息，我於是知道你去了一趟長途旅行。再也沒有人可以支持我了。我的生活又回到了兩年前我還不認識你的狀況。我試圖挽回老公爵，但是我過去傷害他太深了，而且老人家總是缺乏耐心，想必是因爲他們知道自己活不久了。病魔一天天征服了我，我變得蒼白、悲傷，並且更加瘦削。購買愛情的男人在事前都會檢視一下貨品。在巴黎有的是比我更健康、更豐腴的女人；人們逐漸遺忘了我。這是我直到昨天的一段過往。

現在我完全病倒了。我寫信給公爵向他要錢，因爲我已身無分文，而且債權人全都又找上門了，他們帶著借據一副頤指氣使、氣勢凌人的嘴臉。公爵會回信給我嗎？亞蒙，你爲什麼不在巴黎？請求你回來看我，只有你才能帶給我安慰。

十二月二十日

天氣壞極了，下雪，我孤零零一個人在家。我已經發高燒三天了，所以我沒有辦法寫半個字給你。我的朋友，我還是沒有起色；每天我都抱著微薄的希望能夠收到你的來信，但是它沒有來過而且想必永遠不會來了。孤單的男人有的是不能寬恕別人的意志力。老公爵沒有回我信。

普郁冬絲又開始到山上去旅行了。

我不停地咳血。喔！如果你看到我的話，你會爲我感到心痛的。你能在溫暖的國度眞是幸福，我則是置身在冰冷的冬天，寒氣逼進我的胸膛。今天，我稍微起身走動，而透過窗簾我望著巴黎的生活動靜，這一切我確定已與我絕緣了。我看到幾張熟人的面孔匆匆、快樂、冷漠地走過大街。沒有任何人抬眼望向我的窗口。然而，有幾個年輕人過來留下他們的姓名。這種情形發生過一次，在我生病的時候，你那時還跟我不熟，除了第一次見面的那天我的無禮之外，你從我身上毫無所得，而你卻每個早晨都過來探問我的病情。瞧，我又生病了。我們曾經共度六個月的時光。我對你的愛已深刻到一個女人的心所能承載跟付出的極限，而你遠在天涯，再加上你對我的詛咒，而且你沒有寄給我任何一字的慰藉。但是你並非有意離棄我的，我確定這點，因爲你人若在巴黎，你一定會守在我床邊和我的臥房。

十二月二十五日

我的醫生禁止我每天寫日記。事實上，我的回憶只會使我的高燒有增無減，但是，昨天，我收到一封令我心情開朗的信，信裡所表達的情感比有形的援助更對我有益。於是我今天便能動筆爲你寫日記了。這封信是你父親寄來的，以下是它的內容：

「女士，

「我得知妳生病了。如果我人在巴黎，我會親自去探視妳的病情，如果我兒子在我身邊的話，我也會告訴他去看妳。但是我現在走不開家鄉，而亞蒙則離此大約兩、三千公里遠。所以請容許我只寫信給妳，女士，我是多麼擔心妳的病，同時我也誠摯地祝妳早日康復。

「我的一位好友，H先生，會到妳家拜訪，請接見他。他受我之託爲我帶回我焦急等待的病情消息。

「女士，請接受我最誠摯的祝福。」

這就是我所收到的信。你父親是個高貴好心腸的人，我的朋友，請好好愛他，因爲世上少有這麼值得敬愛的人。這張簽署了他姓名的信紙，對我的療效要遠勝過高明的醫生的所有處方。

今天早晨，H先生來訪了。他顯然因負有都瓦勒先生的艱辛任務而十分尷尬。他來只是爲你父親帶來給我一千個五法郎銀幣。我起先想拒絕，但是H先生跟我說，這樣會讓都瓦勒先生不高興，他受命先給我這筆錢，還會再給我所有我還需要的錢。我接受了你父親的這份心意，我知道這並不是施捨。如果你回來時我已經死了，請將我剛才爲他所寫的這幾行字讓你父親過目，他不顧身分寫這封令人大感安慰的信，使這可憐的女子不禁留下感激的眼淚，並爲他祈求上帝保佑。」

一月四日

我剛度過一連串病痛的日子。我不知道軀體也能如此令人受苦。喔！我的生命要終止了！我今天加倍地爲生命付出代價。

我每晚都睡不安穩。我再也不能呼吸了。垂死的掙扎和咳嗽充滿了我可憐的餘生。

我的飯廳擺滿了各種各類我的朋友們帶來的糖果和禮物。在這些人當中。想必有幾位期望我復元後可以當他們的情婦。如果他們看到我被病魔折磨成這個樣子，他們就會逃之夭夭了。

普郁冬絲是首位享用我收到的禮物的人。

天氣結冰，而醫生跟我說，如果有持續的好天氣的話，我便可以到戶外走走。

一月八日

昨天我搭乘我的馬車外出。天氣好極了。香榭里舍大道滿是人群。我們都說這是春天的第一朵微笑。我的周遭有一種過節的氣氛。在陽光下，我從不懷疑我昨天所有找到的快樂、溫柔和安慰。

我幾乎遇到了所有我認識的人，他們總是那麼開心，總是那麼沉湎於自己的歡樂之中。而他們卻不知道自己有多幸福！歐玲普乘坐在一輛N伯爵送給她的優雅馬車上，經過我眼前時她還試圖以眼神來羞辱我。她不知道我早已遠離這些虛華了。一位我認識已久的單純善良的男孩子問我能否跟他和一位據他說很想認識我的朋友共進消夜。

我悲傷地微笑，而且我向他伸出因發燒而灼熱的手。

我從沒有看過這麼吃驚的表情。

我四點才回到家，吃飯時我的胃口好極了。

這趟出門讓我舒暢多了。

好像我快痊癒似的！

那晚，看到旁人生活跟幸福的情景，是否也令靈魂孤寂、在幽黯的病房期盼早日死去的人，也感染到了活著的渴望？

一月十日

這股對健康的憧憬只是一場幻夢。瞧，我又臥病在床了，全身滾燙而無力氣。若將這副昔日人們願以天價購買的身體向人兜售的話，看看今天還有誰會光顧！

我們應該要麼在生前做過壞事，要麼在死後可以盡情歡樂，否則上帝如何會給我們的這一生這麼多贖罪般的折磨以及所有痛苦的凌遲。

一月十二日

我一直都在生病。

N伯爵昨天送錢來給我，我沒有接受。我不要這個男人的任何東西。你是因爲他才離開我身邊的。

喔！我們在埔吉瓦勒的美麗時光啊！你在何處？

如果我能活著走出這個房間，一定是爲了到我們住在一起的那棟房子去朝聖，但是我除了死亡之外再也出不了這裡了。

誰知道我明天還能不能給你寫日記？

一月二十五日

我有十一個夜晚沒睡了，我沒辦法呼吸，而且我每一刻都覺得自己快斷氣了。醫生叮囑所有人不要讓我動任何的筆。在我病榻旁看顧我的茱麗．都普哈，依然允許我給你寫這幾行字。所以在我死前你就根本不會回來了嗎？我們之間難道永遠都不可能了？我似乎覺得，只要你回來，我就能康復。但是康復了又有什麼用？

一月二十八日

今晨我被一聲巨響吵醒。睡在我房間的茱麗，跑到了飯廳。我聽見她和一些人爭執無效的吵鬧聲。她哭著回來。

眾人又撲過來。我告訴她就任由他們告到法庭好了。法官進入我的臥房，頭上的帽子並未摘下來。他打開所有的抽屜，記錄所有他看到的東西，而他似乎無視於床上有位垂死的人存在，只一味興致勃勃地執行處置我的法令。

他在離開前同意我在九天前提起抗訴，但是他留下了一位警衛！我的上帝呀，我會淪落到什麼地步！這一幕讓我的病情更加惡化了。普郁冬絲想向你父親的朋友開口要錢，我反對。

今天早晨我收到你的信。這是我需要的。你還來得及收到我的回信嗎？你還會來看我嗎？這個幸福的白晝令我忘記了所有我六個禮拜來所經歷的事。儘管我回覆你的信中充滿了悲傷的情緒，然而我心情好多了。

畢竟，人不應該老是那麼悲傷。

當我想到我可能不會死，想到你會回來，我又能見到春天，然後你依然愛著我，而明年我們又開始新的生活！

我眞是瘋狂！我幾乎要以筆全盤寫出發自我內心的這個荒唐的夢想。

無論發生什麼，亞蒙，我深愛著你，如果不是有這份愛情的回憶支撐著我，而它就好似又再見到你回到我身邊的一個模糊的希望，如果不是這樣，我老早就死了。

二月四日

G伯爵回來了。他的情婦背叛了他。他很悲傷，他挺喜歡她的。他來跟我說了所有的經過。這可憐的男人在愛情上遭受挫折，但仍然爲我付了官司費並爲我打發走那位警衛人員。

我跟他說起你，而他答應我跟你提到我。就好像此時我忘記我曾是他的情婦，也好像他也試圖要忘記這件事一樣！多麼單純的心。

公爵昨天派人來打聽我的病情，而且他今天早餐也來了。我不知道還有什麼事能讓這個老人有活下去的動力。他待在我身邊三個小時，而他跟我說不到二十個字。當他看到我如此地蒼白，兩顆豆大的淚珠自他的眼睛滾落下來。想必是他女兒去世的回憶令他垂淚的。

他將看見他的女兒死去兩次。他的背彎曲，頭部垂往地下，他的嘴唇下垂，眼神黯淡無光。老邁和痛苦以加倍的重量加諸他疲憊不堪的身體。他對我沒有半點責備。我還是聽說他眞的高興見到病魔對我的折磨。當我，依然青春年華，我已經因病痛而不成人形，他似乎驕傲地站起身來。

可怕的時光又來臨了。沒有任何人來看我。茱麗連夜裡都要熬夜守在我身邊了。普郁冬絲因我不能再像過去那樣給她錢，她開始找各種藉口疏遠我。

現在我瀕臨死亡的邊緣，雖然我所有的醫生都說我的病不嚴重，但是我的醫生一個換一個，就可以證明我的病情惡化了，我幾乎後悔聽從你父親的話；如果我早知道我只會佔據你的前途一年的時間，我便不會抗拒這年跟你廝守的慾望，這樣至少我死的時候仍能握著朋友的手。話說回來，如果我們這一年能生活在一起，我也不會這麼早死了。

這全是上帝的旨意！

二月五日

喔！來呀，亞蒙，我病入膏肓，我的上帝，我快死了。昨天我是如此地傷心，我想在除了我家以外的其他地方度過和昨晚一樣漫長的夜晚。公爵早上來了。對我而言看到這個被死亡遺忘的老人，會令我更快死去。

縱使持續的高熱燃燒著我，我仍更衣乘車前往臥德維樂戲院。茱麗幫我換上紅色的衣裝，要不然我的模樣眞像具死屍。我去坐在我跟你第一次約會的包廂；我的眼睛一直定在你當天的座位上，昨天這兒坐的是個大老粗，他聒噪地笑著所有笨極了的事，因而不斷地干擾台上的演員。我最後半死的被送回家。我咳嗽並且咳血了整個晚上。今天我不再能說話了，我的手臂也幾乎動彈不得了。我的天呀！我的天呀！我行將就木了。我在等待，但是我還不習慣於想到自己生病，我以爲自己沒有病，而如果……

從最後這個字以後，瑪格麗特又努力寫了幾個字但已無法辨識，以下是茱麗．都普哈繼續寫的。

二月十八日

亞蒙先生，

自從瑪格麗特去了戲院那天之後，她的病情就更加嚴重了。她完全沒有嗓音了，接著是四肢不能動了。我們這位可憐的朋友所受的痛苦是無法形容的。我還不習慣這種種的臨終感受，而且我一直都很恐懼。

我眞希望你能夠待在我們身旁！她幾乎都在彌留狀態，但是不知是出自瘋狂或意識清楚，當她可以說一、兩個字時，她發出的音老是你的名字。

醫生告訴我她沒有多久可以活了。自從她重病之後老公爵就不再來了。

他跟醫生說這場表演讓她元氣太傷了。

都婉娜夫人有點過分。她用了最多瑪格麗特的錢，她的生活幾乎是靠這些錢來維繫的，現在她看到無法再利用這位鄰居，而又無法爲她盡照顧的義務，乾脆就也不來看她了。所有人都遺棄她了。G伯爵爲債務所逼，不得不又到了倫敦。離開時，他寄給了我們一點錢；他已經盡力幫忙了，但是債主們仍然找上門來，他們只在等待她死了好拍賣所有家當。

我用盡了我最後的關係來排除債主們的威逼，但是法官告訴我說這不管用，並且說他還有別的官司待處理。既然她快死了，與其救她的財務好留給她不想見到而且也從來沒愛過她的家人，還不如全部都放棄不管算了。你無法想像這個可憐的女子死前是多麼窮困。昨天我們一點錢也沒有。餐具、珠寶、喀什米爾羊毛，全都典當了，其餘的家當則變賣或拍賣。瑪格麗特對她周遭發生的事情還存有知覺，而她在肉體、精神和心靈上都受煎熬。一顆顆碩大的淚珠流在她如此瘦骨嶙峋、如此慘白的臉頰，如果你能見到她的話，你應該認不出來這是你這麼深愛著的臉孔。她要我承諾她，在她無法動筆時能夠代替她寫日記給你，而我是在她的面前寫的。她的眼睛雖望向我這邊，但是她，並沒有看我，她的眼神已經被即將到來的死亡網住了；然而她在微笑，而且我確定她所有的思維、所有的靈魂全都屬於你。

每次有人打開門，她的眼睛便炯炯有神，而她始終相信你會進來；然後，當她看到那不是你，她的臉孔又出現痛楚的表情，並且因爲冒出的冷汗而濕漉漉的，而她的顴骨則呈現深紅色。

二月十九日，深夜。

我可憐的亞蒙先生，今天是個悲傷的日子！今天早晨瑪格麗特一度窒息了，醫生連忙幫她放血，然後她才稍稍能發出聲音。醫生建議她請神職人員過來。她說很高興這麼做，於是醫生親自去聖侯絜教堂請來一位神父。

這段時間當中，瑪格麗特將我叫到床前，請求我打開她的櫃子，然後她指示我拿出一頂扁呢帽，一件綴滿花邊的長襯衫，並以微弱的聲音跟我說：

「在我懺悔之後我就要死了，所以妳幫我穿上這些東西：這是死者的服裝。」

接著她哭著親吻了我，並且又說：

「我可以說話了，但是我在說話時太難喘息了；我無法呼吸！空氣！」

我心痛得掉淚，我打開窗戶，過了一下子神父進來了。

我走上去迎接他。

當他意識到他身在誰家之後，他似乎擔心被冷落。

「神父，請儘管進來吧，」我對他說。

他只在病人房裡待一會兒，然後在出門時跟我說：

她活著像個罪人，但是她會像個教徒般死去。

過了片刻之後，他回來時帶了一位戴了十字架、唱聖歌的孩子，以及一位神職人員走在他們前頭搖鈴，這是爲了宣告上帝蒞臨死者的家。

他們三位都進到這個之前已經充滿了神父唸唸有詞而說出的許多奇怪字句的臥室，而此時這兒更像是座祭壇。

我跪倒在地上。我不知道這種景象要持續多久，但是，直到這個時刻，我只相信一件富有人性的事情可以眞正打動我。

神父將聖油蘸在死者的腳上、手上和前額，誦讀了一段禱告詞，而瑪格麗特好像已經準備好要到她想必會去的天堂了，如果上帝看到了她一生的痛苦以及她死亡時的聖潔。

從這段時間之後，她沒說一個字也沒有做一個動作。如果我沒有聽見她吃力的呼吸聲的話，有二十次我都以爲她已經斷氣了。

二月二十日，深夜五點。

一切都結束了。

今夜大約兩點時，瑪格麗特進入了瀕死狀態。若以她掙扎的喊叫聲來判斷，絕沒有一位烈士像她這麼受折騰的了。有兩、三次她做勢要從床上站起來，就好像她試圖將走向上帝的生命挽回來一般。

也有兩、三次，她說出你的名字，然後一切歸於無聲，她又疲乏地倒回床上。眼淚無聲地自她的眼睛裡流下來，然後她便死了。

所以，我靠近她身旁，我叫喚她的名字，而因爲她沒有回答，我爲她闔上眼睛，並親吻她的額頭。

可憐的、親愛的瑪格麗特，我眞恨不得自己是個聖女，這樣這個吻才能引領妳到上帝那裡。

然後，我將她換上她交代我的服裝，我去找來聖侯絮教堂的一位神父，我爲她焚燒了兩根蠟燭，然後我在教堂裡爲她禱告了一個小時。

我施捨金錢給來到她身邊的窮人。

我並不很了解宗教，但是我認爲慈祥的上帝應該能分辨出我的眼淚是眞的，我虔誠地禱告，誠摯地行善，而且祂應該會憐憫她死時年輕而美麗，而且只有我爲她闔眼跟入殮。

二月二十二日

今天舉行了安葬儀式。瑪格麗特的許多朋友都來到了教堂。有幾位眞誠地掉淚。當葬禮的車隊開往蒙馬特的路上，僅有的兩位男士走在後面，特地從倫敦回來的G伯爵，以及由兩位先生扶持著走的老公爵。

我是在回到她家裡時爲你寫下這些細節的，我邊寫邊掉眼淚，在悲慟地焚燒著的油燈前，我無法吃下我的這頓晚餐，你應該能夠想像才對，但是娜寧硬是催我吃飯，因爲我已經有二十四個小時沒有吃東西了。

我的生命無法長期地承載這些悲傷的印象，因爲我的生命並非屬於我所有，就好比瑪格麗特的生命也不曾屬於她所有一樣。這就是爲什麼我在故事發生的同樣地點留給你所有這些細節，萬一你要經過一段漫長的歲月才回來的話，我深恐我無法向你交代所有故事的悲傷的細節。

第二十七章

「你讀過了嗎？」當我闔上這份手稿的同時，亞蒙對我說。

「我的朋友，如果我讀過的這些全是眞實的話，我能夠了解你會有多痛苦！」

「我父親寫了一封信來證實這所有的一切。」

我們又花了一點時間聊了一下這悲哀的宿命，然後我便回家稍做休息。

亞蒙一直都很悲傷，但是說了這則故事之後稍微感到寬慰，他很快地恢復了心情，接著我們一起去拜訪普郁冬絲跟茱麗．都普哈。

普郁冬絲方才破產。她跟我們說是被瑪格麗特拖累的。在她生病期間，她借了很多錢給她償付她根本就付不起的帳單，瑪格麗特死前沒有還錢給她，而且也沒有給她借據，以至於她無法以債權人的身分爭取該有的權益。

都婉娜夫人到處說這則她自己瞎編的神話，好爲她糟糕的財務狀況找下台階，她拿出一張一千法郎的帳單給亞蒙看，亞蒙並不相信她的話，但是他想裝出相信的樣子，因爲他盡可能地尊重所有曾經接近他情婦的人。

然後我們到達茱麗・都普哈的家，她跟我們述說她親眼目睹的悲傷事件，在回憶起她的朋友時一邊掉落眞誠的眼淚。

最後，我們到了瑪格麗特的墳墓，這時四月的第一道陽光催開了墳上茶花的第一番新葉。

亞蒙還剩下最後一件任務要完成，那就是去跟他父親會合。他還是希望我能陪他去。

我們到了他的家鄉，我見到了都瓦勒先生，眞如他兒子跟我描述的那樣：高大、尊貴、仁慈。

他以幸福的眼淚迎接亞蒙，而和藹地跟我握手。我很快便察覺，就是這股父愛令所有見到他的人都被折服了。

他的女兒名叫布朗絮，有著晶瑩剔透的眼睛和眼神，以及純淨美麗的嘴，好像在她的靈魂裡只容納了聖潔的想法，而且她的唇只會說出慈悲的話語。她因爲哥哥的歸來而敞開了笑顏，這位純潔的年輕少女哪裡知道遠方一位風塵女子曾爲了不辱她的姓氏而犧牲了自己的幸福。

我在這個幸福的家庭中待了一段時間，全家人都照顧他好讓他心靈痊癒。

我回到巴黎之後便完全按照我聽來的一五一十地寫下這則故事。大家談論的都只有一點：它是眞的嗎？

我不在這兒加上結論說，所有像瑪格麗特的女子都要做到她所做的。我完全沒有這個意思，我只是在一位風塵女子身上看到她以生命實踐一份眞愛的勇氣，爲此她受盡了苦楚，她也因此而喪生。我只是跟讀者陳述我所知道的部分。這是我的任務。

我並非罪惡的門徒，但是我將把我聽到的，高貴的、不幸的故事傳播在世間，使它得到回響。

我要強調的是，瑪格麗特的故事是則例外；但是，如果這是尋常可見的故事的話，那就沒有必要去寫它了。

愛經典 020

茶花女【慕夏典藏夜光版】

作者　Alexandre Dumas fils 小仲馬
譯者　鄧海峰

出版者　愛米粒出版有限公司
地址　台北市 10445 中山北路二段 26 巷 2 號 2 樓
編輯部專線　（02）25622159
傳真　（02）25818761【如果您對本書或本出版公司有任何意見，歡迎來電】

總編輯　莊靜君
校對　金文蕙
行銷企畫　許嘉諾
行政編輯　曾于珊
印刷　上好印刷股份有限公司
電話　（04）23150280
初版　二〇二二年（民 111）三月十日
定價　288 元
總經銷　知己圖書股份有限公司　郵政劃撥：15060393
（台北公司）台北市 106 辛亥路一段 30 號 9 樓
電話：（02）23672044/ 23672047　傳真：（02）23635741
（台中公司）台中市 407 工業 30 路 1 號
電話：（04）23595819　傳真：（04）23595493
E-mail: service@morningstar.com.tw

網路書店　http://www.morningstar.com.tw
法律顧問　陳思成
國際書碼　978-626-95371-6-7　CIP：876.57/111001841

Emily Publishing Company, Ltd.

因為閱讀，我們放膽作夢。愛米粒不設限地引進世界各國的作品。在看書成了非必要奢侈品，文學小說式微的年代，愛米粒堅持出版好看的故事，讓世界多一點想像力，多一點希望。